Bianca

EXPERTO EN SEDUCCIÓN
Emma Darcy

HARLEQUIN™

Editado por Harlequin Ibérica.
Una división de HarperCollins Ibérica, S.A.
Núñez de Balboa, 56
28001 Madrid

© 2009 Emma Darcy
© 2019 Harlequin Ibérica, una división de HarperCollins Ibérica, S.A.
Experto en seducción, n.º 2689 - 20.3.19
Título original: The Master Player
Publicada originalmente por Harlequin Enterprises, Ltd.Este título fue publica-
do originalmente en español en 2012

I.S.B.N.: 978-84-1307-374-3
Depósito legal: M-1145-2019
Impresión en CPI (Barcelona)
Fecha impresion para Argentina: 16.9.19
Distribuidor exclusivo para España: LOGISTA
Distribuidor para México: Distibuidora Intermex, S.A. de C.V.
Distribuidores para Argentina: Interior, DGP, S.A. Alvarado 2118.
Cap. Fed./Buenos Aires y Gran Buenos Aires, VACCARO HNOS.

Capítulo 1

MAXIMILIAN Hart la observó. La fiesta de presentación de la nueva serie televisiva estaba abarrotada de celebridades, con multitud de mujeres más hermosas que la que él contemplaba, pero ella las eclipsaba a todas. Destilaba una sencillez que atraía tanto a hombres como a mujeres. Era la vecina que a todos gustaba y en la que todos confiaban, pensó, y su suave feminidad hacía que todos los hombres quisieran acostarse con ella.

Su aspecto no resultaba duro ni intimidante. De pelo rubio, llevaba una melena corta, suelta y natural. Cuando sonreía le salían hoyuelos en las mejillas. El rostro era dulce y el cuerpo tenía suaves curvas que no resultaban amenazadoras para otras mujeres, pero sí muy atractivas para los hombres.

Los ojos eran la clave de su atractivo. Azules y brillantes, sugerían su capacidad de escucha y empatía. No había protección frente a ellos: mostraban cada emoción, transmitían una vulnerabilidad que despertaba el instinto protector de cualquier hombre, además de otros más básicos.

La generosa boca resultaba casi tan expresiva como los ojos. Aquella mujer tenía el don de hacer creer que realmente sentía lo que estaba interpretando, no que era una actriz representando un papel. Era un don que podía convertirla en una gran estrella, más allá de la serie de televisión que él había comprado y reescrito para hacer lucir su talento.

Extrañamente, no parecía que a ella le importara ese objetivo. Los que sí lo perseguían eran su dominante madre y su ambicioso marido, que le escribía los guiones. Ella cumplía la voluntad de ambos sin quejarse, aunque a veces Max la sorprendía con la mirada perdida, cuando creía que nadie la miraba, cuando no tenía que comportarse según los deseos de otros... cuando no estaba «en escena».

Aquella noche sí que lo estaba, y todos se le acercaban, fascinados, para recibir su atención aunque fuera un momento. Sin embargo, los más cercanos a ella no estaban a su lado, comprobó Max. No le extrañaba. Ni a la madre ni al marido les gustaba quedar en segundo plano, algo que sucedía en cuanto aparecían junto a ella en público.

Paseó la mirada por la habitación y no le sorprendió ver a la madre parloteando con un grupo de ejecutivos televisivos, aumentando su red de contactos. No le gustaba hacer negocios con ella, pero era inevitable dado que se había autoproclamado agente de su hija. Sus reuniones siempre eran cortas, y él rechazaba fríamente cualquier intento de relación más personal.

Prepotente, con un ego descomunal, Stephanie Rollins era la peor madre de artista posible. Llamaba la atención a gritos con su cabello teñido de vívido color zanahoria, y el corte masculino acentuaba su actitud de «soy tan buena como cualquier hombre y mejor que muchos». Aunque no había nada masculino en su cuerpo, que vestía con una agresiva carga sexual: pronunciado escote, faldas ajustadas, altísimos tacones.

Todo lo usaba como un arma en su constante lucha por salirse con la suya. No había nada de ella que le gustara. Incluso el nombre que había escogido para su hija, Chloe, resultaba calculadamente artístico. Chloe Rollins. Era un nombre armónico, pero a Max le resultaba demasiado afectado para la Chloe que él veía. Algo sencillo le iría mejor: Mary.

Mary Hart.

Sonrió de medio lado al añadir su apellido. Él no tenía interés en casarse. Satisfacía sus urgencias sexuales con la amante de turno, y su mayordomo y su cocinera se ocupaban del resto de funciones que haría una esposa. Además, Chloe estaba casada, y a él no le gustaba meterse en terreno de otros, ni siquiera para una aventura: controlaba su vida privada tanto como sus negocios.

¿Cómo estaría sacando provecho de aquella fiesta el marido de Chloe?, se preguntó. Paseó la vista en busca de aquel atractivo embaucador. Tony Lipton era un tipo con mucha labia pero escaso talento para escribir. Todos sus guiones debían ser reformulados por el equipo de guionistas. No formaría parte de la serie si no estuviera incluido en el trato con Chloe.

Interesante, el tipo no estaba llamando la atención... Se encontraba en una esquina, casi de espaldas a la multitud, y parecía estar discutiendo con la asistente personal de Chloe, Laura Farrell. Vio irritada frustración en el rostro de él; irritada determinación en el de ella. Tony la agarró fuertemente del brazo. Ella se soltó e, hirviendo de resentimiento, se abrió paso a empujones en dirección a Chloe.

Max se puso en estado de alerta. En la sala había muchos periodistas. No quería que nada les distrajera del éxito de su nueva serie, especialmente nada desagradable relacionado con la protagonista.

Se puso en marcha, pero partía del otro extremo de la sala, y no pudo interceptar a Laura, que se coló entre la multitud que rodeaba a Chloe, y le dijo algo cargado de veneno al oído.

Al ver la expresión traumatizada de su estrella, Max supo que se trataba de un problema grave. Afortunadamente, la alcanzó pocos segundos después de Laura y ocultó su reacción con su impresionante físico.

—Fuera de mi camino, Laura —ordenó, con tal frialdad que la asistente se giró sorprendida.

En un rápido movimiento, Max abrazó a Chloe por la cintura y la alejó de la otra mujer. Se inclinó como si tuviera algo importante que comentarle, mientras con la otra mano se aseguraba de que nadie los interrumpía.

—No montes una escena —le urgió en voz baja—. Ven conmigo y te llevaré a un lugar seguro donde podremos comentar este problema en privado.

Ella no respondió. Tenía la mirada perdida, clavada al frente, y caminaba como una autómata a su lado. Debía de ser terrible lo que Laura le había dicho.

Su reacción inmediata fue querer protegerla, proteger la inversión que suponía, y lo hizo con la misma determinación con que perseguía cualquier objetivo. No le importó lo que la madre o el marido pensaran de él. Sacó a Chloe del salón sin dar explicaciones, impidiendo con la mirada cualquier intento de seguirlos. Nadie quería tener en su contra al magnate de la televisión australiana.

Aquella noche, había reservado la suite del ático

para su mayor comodidad. Deseoso de recrearse en la satisfacción por contar con Chloe Rollins, no había invitado a su amante del momento a la fiesta, así que no había riesgo de una incómoda escena si subía allí a Chloe. Y para ella era una huida rápida y efectiva.

No le pidió su consentimiento: ella no oía nada, no parecía darse cuenta de nada. No protestó ni una vez conforme él la metía en el ascensor, la conducía a su suite, cerraba con llave al entrar y le indicaba que se sentara en un cómodo sofá.

Ella no se relajaba. Max se planteó si sabría que estaba sentada. Se acercó al bar y sirvió una generosa copa de brandy. Y un whisky para él; quería resultar amigable en lugar de intimidante cuando el brandy la resucitara.

Ella no se sentía cómoda en su presencia, lo sabía. Seguramente su personalidad era demasiado fuerte para que a ella le gustara a la primera, él no necesitaba agradar a nadie. Pero en aquel momento estaba al cargo y quería que ella aceptara la situación, confiara en él, le contara el problema y le dejara resolverlo, porque claramente no podía manejarlo sola, y él necesitaba a su actriz estrella a pleno rendimiento. Maximilian Hart nunca fracasaba.

–¡Bébete esto!

Chloe vio la enorme copa de balón yendo hacia sus manos, lánguidas sobre el regazo. A pesar del shock, supo que o la agarraba o se derramaría el contenido. La sujetó con ambas manos.

–¡Bebe!

La imperiosa orden hizo que se la acercara a los labios. Dio un sorbo, y el fuego líquido le abrasó el paladar y la garganta a su paso, le encendió las mejillas y sacó a su cerebro del entumecimiento. Dirigió una mirada de protesta al responsable de aquello: Maximilian Hart.

Se estremeció. El poder que él emanaba hizo que se le encogiera el estómago.

—Eso está mejor —dijo él con satisfacción.

Chloe tuvo la impresión de que no era posible ocultarle nada. Él lo sabía todo y se preocupaba solo de lo que pudiera beneficiarlo en el mundo en el que era el rey.

Sintió alivio cuando lo vio sentarse en una butaca algo alejada. Observó su cuerpo grande y fuerte, y sus elegantes manos sujetando su propia copa.

Era un hombre enormemente atractivo. Su pelo oscuro, rasgos marcados, ojos castaños, piel bronceada y boca perfecta, contribuían a su toque de distinción. Pero era su aura de poder lo que le daba el carisma; hacía que todo lo demás pareciera un mero adorno en aquella dinámica persona que podía hacerse cargo de cualquier cosa y lograr que funcionara.

Eso aumentaba su atractivo sexual y, aunque ella no quería, su feminidad estaba revolucionada tanto a nivel físico como mental. No podía aplacar aquel magnetismo, que le despertaba sentimientos que no debería desarrollar. Era alarmante encontrarse a solas con él.

Contempló lo que la rodeaba. Parecía una suite ejecutiva. Con una cama extragrande. Le recordó a la que Tony había insistido en que compraran para su dormitorio.

¿La habría usado con Laura? ¿Habría cometido allí la peor de las traiciones?

–¿Qué te ha dicho Laura Farrell?

Miró de nuevo a Maximilian Hart. Sabía que la única alternativa era decirle la verdad. Por otro lado, no podría ocultarla. Laura no lo deseaba, ni ella tampoco. Después de aquello, nada lograría que retomara su matrimonio.

–Ha estado manteniendo una aventura con mi marido –respondió.

Aquello era una doble traición: de la mujer que creía una amiga y del hombre que supuestamente la amaba.

–Y ahora está embarazada... de él.

Y pensar que Tony le había negado un bebé porque aquella serie era una oportunidad demasiado jugosa para dejarla pasar...

Chloe tembló al tener que confesar lo peor de todo.

–Pero no quiere dejarme por ella, porque le resulto muy rentable.

Cerró los ojos entre lágrimas de amargura.

–Por supuesto que no quiere dejarte –comentó Max con cinismo–. La cuestión es, ¿y tú a él?

La ira explotó en su interior, taladrando una montaña de viejas heridas que se había ido formando al resignarse a la vida que su madre le había impuesto desde su niñez, sin darle otras opciones. El matrimonio con Tony había sido parte de eso, y también el no poder tener un bebé. «Se acabó», juró en su interior.

Se enjugó las lágrimas con el dorso de la mano y miró fijamente al hombre que esperaba su respuesta.

–Sí –contestó con vehemencia–. No permitiré que ni tú, ni Tony, ni mi madre hagáis como si no hubiera pasado nada. Me da igual si esto afecta a mi imagen. No volveré a aceptarlo como esposo.

–¡Perfecto! –la alabó él–. Solo quería saber cómo afrontar mejor la situación, dada nuestra abrupta salida de la fiesta.

–Tampoco voy a regresar allí –añadió ella, en plena rebelión–. No quiero verle, hablarle, ni estar cerca de él. Ni tampoco quiero oír a mi madre.

Vio que él la observaba pensativo unos momentos y se sintió como una mariposa disecada, examinada minuciosamente. Apartó la mirada y bebió un trago de brandy, deseando que su fuego quemara la humillación de no ser más que una máquina de hacer dinero para la gente que le había llevado a aquel punto.

Maximilian Hart no era diferente, se recordó con dureza. Solo se preocupaba por ella dada su gigantesca inversión en la serie. Aunque le agradecía que la hubiera sacado de la fiesta. Obviamente, había advertido el impacto de la confesión de Laura y había actuado para minimizar el daño.

El show debía continuar. Pero no aquella noche. No con ella.

–Seguro que tu marido está ideando cómo culpar a Laura Farrell de lo ocurrido y quedar él como la víctima inocente de una mujer celosa –señaló él.

Chloe se estremeció.

–Lo cual sería una tremenda mentira –continuó él–. Los vi hablando de manera muy íntima antes de que ella se abalanzara sobre ti. Estaba furiosa con él. La conexión entre ambos era palpable.

–El bebé así lo demostrará –murmuró ella con amargura.

–No, si alguien la convence para que aborte... Y no seré yo.

Chloe lo miró, horrorizada. Para Tony y su madre, esa opción sería la manera de evitar un incómodo escándalo, y de que todo continuara como habían planeado.

Empezaba a dolerle la cabeza.

—Tengo que escapar de ellos —dijo, sin darse cuenta de que hablaba en voz alta.

Intentó encontrar una manera de huir, pero todo lo que poseía estaba atado y bien atado por Tony y su madre: su dinero, su casa, su vida entera.

—Yo puedo protegerte, Chloe.

Eso la sorprendió. Lo miró confusa y angustiada. Su expresión arrogante, de confianza en sí mismo, le recordó lo poderoso que era. Su mirada destilaba tal fuerza que le hizo estremecerse. Sin duda, Maximilian Hart podía protegerla si ella lo deseaba, pero ¿qué implicaría eso?

—Necesitas trasladarte a un refugio, un lugar donde haya tanta seguridad que nadie pueda llegar a ti a menos que así lo quieras —sentenció él—. Puedo ofrecértelo fácilmente.

«Un remanso de paz», pensó ella.

Los detalles prácticos planteaban algunas dificultades:

—Toda mi ropa está en mi casa —advirtió.

—Una empresa de mudanzas recogerá tus cosas.

—Ni siquiera llevo encima mi tarjeta de crédito.

—Pondré a un abogado a solucionar tu situación financiera. Mientras tanto, te abriré una cuenta bancaria que cubra tus necesidades hasta que puedas disponer de tu propio dinero.

Chloe frunció el ceño.

—Mi madre luchará por mantener el control.

–Dudo de que cuente con más armas que yo –rebatió él, con un brillo implacable en la mirada.

Tenía razón. Su madre no tenía nada que hacer contra él.

Empezó a ver un asomo de libertad.

–Confía en mí, Chloe. No hay nada que no pueda hacer para convertirte en alguien independiente. Si eso es lo que quieres, claro.

«Sí», deseaba responder. Pero la sensación de que iba a salir de una forma de posesión para meterse en otra, tal vez peor, la contuvo.

–¿Por qué haces esto por mí? –inquirió, suspicaz.

–Quiero que esta serie salga adelante, es un proyecto que llevo planificando desde hace mucho tiempo. Tú eres la pieza clave, necesito que actúes como solo tú sabes hacerlo. Si eso implica liberarte de lo que te angustia, y asegurarte que esas personas no van a molestarte, lo haré. Crearé una cortina protectora a tu alrededor que nadie podrá traspasar sin tu permiso. Lo único que pido a cambio es que sigas trabajando en la serie hasta terminar el contrato.

Estaba protegiendo su inversión, tenía sentido, se dijo Chloe. Aquello era un negocio, no un asunto personal. De pronto, sus temores le parecieron ridículos. Sintió que podía hacer lo que le pedía si no tenía que tratar con su madre, Tony o Laura.

–Los alejaré de ti –aseguró él con voz suave–. Tan solo di «sí».

Su corazón maltratado empezó a verlo como un caballero andante liberándola de sus dragones, en lugar de un mentor dominante que solo la utilizaba para su propio provecho. Era más que seductor.

–Sí, es lo que quiero –afirmó.

–Bien –dijo él, como si ya lo supiera y solo hubiera esperado que ella lo reconociera, y se puso en pie como saboreando la batalla por llegar–. Estarás completamente a salvo si me esperas aquí. Necesitarás comer algo. Pide lo que quieras al servicio de habitaciones. Siéntete como en tu casa, esta noche no tendrás que sufrir más acosos de ningún tipo.

–¿Adónde vas?

–Regreso a la fiesta –respondió él, y sonrió de satisfacción personal–. Cuando haya terminado allí, dudo de que nadie tenga ganas de cuestionar tu decisión.

«Mi decisión», pensó Chloe. Una decisión independiente.

Abrumada, observó alejarse al hombre que la había hecho posible y que iba a ponerla en práctica. Maximilian Hart, un hombre con el poder para hacer lo que se proponía.

Y estaba a punto de utilizar ese poder para liberarla de la vida de la que había deseado escapar desde que podía recordar.

Capítulo 2

QUÉ SUCEDE, Max?
Fue lo primero que escuchó nada más regresar
a la fiesta. Se lo preguntaba Lisa Cox, editora
de la sección de ocio de uno de los principales periódicos, oliéndose una historia más interesante que el
lanzamiento de una nueva serie de televisión.

–Has salido de aquí con Chloe, que parecía medio
muerta, y regresas solo –añadió.

–Chloe está descansando –aseguró él.

–¿Le ocurre algo?

–La fiesta le ha agotado, continuamente atendiendo
a la gente, sin detenerse a comer ni beber. Necesitaba
una buena dosis de azúcar. Y ahora, si me disculpas,
tengo que hablar con su madre –dijo, y recorrió el salón con la mirada en busca del cabello color zanahoria.

–¿Va a suponer esto un problema para la serie?
–insistió la periodista.

Max esbozó una sonrisa gélida.

–No. Alguien tiene que cuidar de ella, eso es todo.
Y me aseguraré de que así sea.

Y tras decir eso, dio por cerrado el asunto. Nada de
cotilleos.

Stephanie Rollins se encontraba en la esquina más
alejada del salón, inmersa en una acalorada discusión

con Tony Lipton y Laura Farrell. Eran los únicos que no se habían percatado de que Max había regresado, y menos aún de que se dirigía hacia ellos.

Laura Farrell era alta, delgada, con una larga melena castaña, ropa clásica y de buena calidad, y ojos de gata. Max había visto envidia y desprecio en ellos al mirar a Chloe, como si fuera estúpida y no se mereciera su estatus de estrella.

Sin embargo, Chloe siempre trataba de ayudarla. Esa noche, aquella lagarta había enseñado su verdadero rostro. Max estaba deseando eliminarla del entorno de Chloe.

Y a Tony Lipton también, a él incluso más. Ese adulador de pacotilla que se había aprovechado de las circunstancias sin preocuparse de la mujer que lo mantenía. Rubio y de ojos verdes, parecía un clon de Robert Redford en sus mejores tiempos, pero su único talento consistía en tener buen aspecto y autoadularse.

«El otoño ha llegado», pensó Max cuando Tony lo vio acercarse, se alarmó y advirtió a las dos mujeres. Ellas se apartaron, haciéndole sitio en el grupo. El rostro de Laura era una mezcla de temor y agresividad. Sin duda, sabía que no volvería a ser la asistente de Chloe, pero lucharía para conseguir una jugosa tajada de sus ganancias, a través de Tony. Seguro que no se había quedado embarazada por error.

Stephanie fruncía los labios furiosa. Obviamente, había calculado los costes de aquella bomba y no le gustaba el resultado. Pues le gustaría aún menos cuando le anunciara que Chloe estaba harta de su dominio.

La tensión que había en el grupo era palpable. Pero Max no iba a dirigirse a ellos delante de tantos espectadores.

–No dudo de que estáis todos preocupados respecto a Chloe –comenzó, sin poder evitar cierto sarcasmo–. La he llevado a una suite. Os sugiero que me acompañéis para que hablemos en privado. Será mejor que no digáis nada mientras salimos. No os gustarían las consecuencias.

–A mí no puedes hacerme nada –lo desafió Laura.

–¡Cierra la maldita boca! –le espetó Tony.

–Agárrate de mi brazo, Stephanie –ordenó Max, y miró gélidamente al otro hombre–. Síguenos, Tony, y lleva a tu mujer contigo.

No se regodeó en verlo ruborizarse. Abandonó la fiesta con Stephanie Rollins de su brazo, hablándole en voz baja de la necesidad de cuidar mejor a Chloe.

A los pocos minutos, entraban en una segunda suite ejecutiva con un mayordomo en la puerta. Max la había reservado al dejar a Chloe en la otra.

Una vez dentro, Stephanie fue la primera en reaccionar.

–¿Dónde está Chloe? –inquirió, incómoda al verse en una situación en la que no podía obtener beneficio alguno.

–Donde desea estar... lejos de vuestro alcance –respondió él, mirándolos con desdén–. Ya que fuiste tú quien contrató a Laura como asistente de Chloe, te sugiero que seas tú quien la despida, Stephanie. Será mejor que no vuelva a acercarse a ella, ¿entendido?

La mujer asintió, reconociendo que no había otra opción.

–De todas formas, no volvería a trabajar para ella –murmuró Laura.

Max la ignoró. Se giró hacia Tony.

–Estás despedido. Ya no perteneces al equipo de guionistas.

–No puedes hacer eso. Tengo un contrato –replicó él.

–Compraré tu parte. Mi abogado se pondrá en contacto contigo para llegar a un acuerdo. No quiero verte cerca de Chloe cuando grabe.

–Pero...

–Cuidado, Tony –le advirtió–. Puedo hacer que no vuelvas a trabajar en la industria televisiva nunca más.

–¡No es para tanto! Solo he cometido un error en mi vida privada. No tiene nada que ver con mi profesión –protestó él.

–No es privado cuando afecta a mi negocio. Cuidado, Tony... –repitió.

El hombre sacudió la cabeza, sin poder creer que acababa de salir del círculo de las estrellas, y que sin Chloe a su lado no tenía nada para negociar.

Satisfecho de ver que Tony era consciente de las consecuencias, Max se giró hacia la madre de Chloe. Por más que él quisiera perderlos de vista a todos, los lazos familiares eran algo delicado. Hasta que no lo consultara con Chloe, tendría que contenerse.

–No creo que hayas actuado para mayor beneficio de tu hija, Stephanie, cosa que deberías haber hecho doblemente: como madre y como agente.

–Yo no tengo nada que ver –gritó ella, con un gesto de rechazo hacia Laura y Tony.

–Elegiste a Laura y permitiste que Tony se sumara a la carrera de Chloe. Un error de juicio en ambos casos –señaló Max implacable–. Reúnete conmigo mañana a las once en mi despacho para discutir si vas a continuar o no siendo su agente.

–Eso es algo entre Chloe y yo –protestó con vehemencia.

–No. Ella me ha autorizado a que actúe en su nombre y eso voy a hacer, Stephanie. Tal vez quieras acudir con un abogado. El mío estará allí, no lo dudes.

–Deja que hable con ella –exigió, con un leve temor más allá de su mente calculadora–. Hemos vivido demasiadas cosas juntas para que interfieras así.

–Chloe no quiere escucharte –sentenció Max–. Será mejor que aceptes que tu dominación sobre tu hija se ha terminado, y lo mejor que puedes hacer es intentar minimizar los daños en lugar de pelearte conmigo. Soy un duro oponente.

Se mantuvo en silencio unos momentos, para que todos procesaran la amenaza, antes de anunciar:

–Y ahora debo volver a la fiesta. A ninguno se os permitirá entrar de nuevo esta noche. El mayordomo os echará de esta suite en media hora. Lo más inteligente sería que os marcharais cuanto antes del hotel.

Y, sin esperar respuesta, salió de allí y regresó a la fiesta.

Lisa Cox corrió a su encuentro.

–¿Chloe no va a volver?

–No. Lleva toda la semana de promoción y necesita descansar –contestó, sin darle importancia–. ¿Por qué no hablas con otros miembros del reparto, Lisa? Les encantará contarte su opinión acerca de la serie.

Sonrió para borrar la preocupación que había mostrado anteriormente y se dedicó a hablar con el resto del reparto durante cuarenta minutos, lo suficiente como para distanciarse públicamente de la ausencia de Chloe, y también para que el nefasto trío abandonara el hotel.

Luego, alegando que estaba agotado, se despidió y abandonó la fiesta, comprobó que la segunda suite había quedado vacía, y se dirigió hacia la que ocupaba Chloe. Había transcurrido poco más de una hora desde que ella tomara la decisión. Si se había asustado y quería volver atrás, tendría que convencerla de que ya no era posible. Se habían emprendido las medidas necesarias.

A partir de entonces, ella le pertenecía.

Le sobresaltó la satisfacción que le produjo esa idea. Era algo muy intenso, una actitud posesiva que nunca había sentido hacia ninguna mujer. Dado que a él le gustaba su libertad, también respetaba la de ellas para elegir por sí mismas. Pero ciertamente, en el plano profesional y mientras durara el contrato, Chloe Rollins le pertenecía. Y, como también se había quedado libre en el plano personal, podía explorar su interés por ella. Esa idea le entusiasmó enormemente.

Chloe era la mujer más fascinante que había conocido, y ya no estaba ligada a su marido. Podía mantenerla a su lado y conocerla durante el tiempo que quisiera.

Chloe no se había movido de la butaca donde la había dejado Max. Había tenido suficiente agitación con revisar su vida y sentir el terrible vacío de ser más importante para su madre como personaje televisivo que como una persona con necesidades reales, que habían sido ignoradas o despreciadas.

Se había enamorado de Tony porque parecía que él estaba totalmente volcado en ella, en la mujer que era, haciendo que se sintiera amada de verdad, atendiendo sus deseos. Todo falso. Nada más casarse, se había aliado con su madre, aumentando la presión para que se mantuviera en pantalla, pero endulzándola diciéndole lo especial que era.

Se había desenamorado de él muy rápido, desilusionada por cómo manipulaba su vida juntos a su voluntad, sin consultarla. Pero era más sencillo vivir con él que con su madre, así que había hecho todo lo necesario para mantener la armonía en su relación, incluso incluirlo en su contrato con Maximilian Hart: Tony deseaba formar parte del equipo de guionistas, argumentando que así podría compartir trabajo con ella, mirar por sus intereses...

Todo mentiras. Había pasado más tiempo con Laura que con ella, y la había dejado embarazada, mientras seguía fingiendo que era un marido amantísimo. Claro que ella ya no se lo creía: lo que a él le gustaba era su carrera, los contactos, el mundo de la fama. Ella era el instrumento para la vida que él y su madre deseaban.

El matrimonio se había quedado vacío mucho antes. Por eso ella había querido un bebé. El amor de un hijo habría sido real, y ella lo habría devuelto con creces. Un hijo a quien dárselo todo.

Chloe había ido bebiendo el brandy, disfrutando del fuego en su vientre. La hacía sentirse viva, más decidida a hacerse cargo de su vida una vez terminara su contrato con Maximilian Hart. Era agradable tenerlo de su parte, saber que iba a ayudarla a realizar aquel cambio radical en su vida.

No se dio cuenta de que el tiempo pasaba. Al oír que abrían la puerta de la suite, saltó de la butaca y se giró hacia el hombre que la había salvado. Era mucho más fácil aceptar ese hecho cuando él no estaba delante. En cuanto lo vio, se le encogió el corazón de nervios.

–Solucionado –aseguró él al instante–. Ya no tendrás que volver a ver a ninguno de los tres, a menos que lo desees.

Observó la copa vacía en manos de ella y ojeó el resto de la habitación.

–¿No has cenado?

Chloe se ruborizó.

–Lo he olvidado.

Él sonrió tranquilizador.

–No tienes que hacerlo si no quieres, Chloe. Yo sí que estoy hambriento. Voy a pedir unos sándwiches club con patatas fritas, y tú elige si quieres comerte el tuyo o no –anunció él, y descolgó el auricular–. ¿Quieres café, té o chocolate caliente?

–Chocolate caliente. Y ketchup –añadió ella, y vio que él elevaba una ceja, curioso–. Me encantan las patatas con ketchup.

Le daba igual si sonaba pueril. De pronto, ella también tenía mucha hambre.

A pesar de su sonrisa de satisfacción, él seguía intimidándola. Parecía estar siempre un paso por delante. Tenía que recuperarse y descubrir lo que él había hecho para ayudarla, se dijo Chloe.

–He reservado otra suite para mí y he dispuesto que no pasen llamadas aquí, así no tendrás interrupciones esta noche –comentó él, escribiendo en un papel y entregándoselo–. Cuando estés lista para el desayuno, llámame a este número y planearemos los siguientes pasos, ¿de acuerdo?

Chloe asintió, aliviada al saber que no pretendía pasar la noche con ella. En realidad, estaba tranquila respecto al ámbito sexual: era bien sabido que él salía con Shannah Lian, una modelo bellísima y con clase que aquella noche tendría otro compromiso y por eso no habría acudido a la fiesta. A Chloe no se le ocurriría pensar que su ausencia estaba planeada. Entre Maximilian Hart y ella el interés era puramente profesional. Además, ella no podría relajarse en su presencia.

Miró la cama. Iba a ser un placer tumbarse, sabiendo que iba a estar sola. Una oleada de repugnancia la invadió al pensar que Tony se había acostado con ella después de estar con Laura. ¡Nunca más!

–Tony está fuera de la serie, Chloe. Lo he despedido del equipo de guionistas. Laura Farrell también desaparece. Ambos ya no pertenecen a tu vida profesional.

«Limpiando el escenario para que el show continúe», pensó Chloe, con cierta satisfacción de venganza por sus despidos.

–¡Bien! Gracias.

Él señaló una butaca.

–El servicio de habitaciones tardará un rato. Hablemos de tu madre mientras tanto.

Chloe se sentó, lista para rebelarse ante cualquier cosa que su madre hubiera sugerido. Su nefasto dominio había terminado. Max se sentó lentamente y la observó, poniéndola aún más nerviosa.

–¿Quieres mantenerla como agente? –le preguntó.

–No –aseguró ella, llena de resentimiento, pero dudó porque desconocía las condiciones en el aspecto legal–. ¿Tengo que hacerlo?

Max negó con la cabeza.

–He concertado una cita con ella mañana, con la idea de terminar vuestra relación laboral.

¡Había tomado la iniciativa! Chloe lo miró asombrada.

–Pero tú tienes la última palabra –añadió él.

–No quiero que se ocupe de nada que tenga que ver conmigo –aseguró ella con vehemencia.

–Mi abogado resolverá ese asunto por ti.

Sacudió la cabeza maravillada. No podía creer que las ataduras de toda una vida pudieran romperse con tanta facilidad.

–Mi madre se resistirá. ¿Qué ha dicho cuando le has propuesto la reunión?

–Quería hablar contigo, pero no lo he permitido.

–No quiero escucharla.

–Eso sí que se lo dije –señaló él secamente, como si no le hubieran afectado los comentarios que le hubieran hecho.

«Eso es porque no tiene una implicación emocional, para él esto son negocios», pensó Chloe.

–¿Tengo que asistir a la reunión de mañana? –preguntó nerviosa.

–¿Quieres?

–No.

Podía imaginarse el sermón de su madre recordándole la larga lista de cosas que había hecho por ella. Salvo que las había hecho para sí misma.

–No quiero escucharlo. Si podéis arreglároslas sin mí...

–Todo irá más rápido si no estás. Le diré a mi abogado que desayune con nosotros. Cuéntale lo que quieres y él actuará según eso.

–Creo que eso será lo mejor.

Otra decisión, tomada por ella y para ella.

–Cierto –dijo él, y se puso en pie–. Si me disculpas, voy a llamarlo ahora mismo. ¿Quedamos a las ocho?

–De acuerdo, pero... –contempló su vestido de fiesta–. Solo tengo esta ropa.

–Puedes desayunar en albornoz –le sugirió él–. Encargaré que te suban ropa en cuanto abran las boutiques del hotel. No te preocupes por las apariencias. Lo interno, la base, es más importante.

Una base que ella estaba decidiendo. No su madre, su esposo ni Maximilian Hart, quien estaba dándole opciones pero no escogiendo por ella.

Lo observó sacar su teléfono móvil mientras se alejaba. De repente, su poder ya no le intimidaba tanto. Estaba usándolo para ayudarla, como un caballero andante acabando con sus dragones.

No pudo evitar que eso le gustara.

Capítulo 3

STEPHANIE Rollins no acudió con ningún abogado a la cita. Entró en el despacho de Max pisando fuerte, con un vestido púrpura, cinturón rojo ancho, tacones rojos, uñas rojas. Y con la soberbia de quien siempre había tenido poder sobre su hija y no creía que eso fuera a cambiar. La presencia del abogado de Max no la alteró, al menos no visiblemente. Miró a ambos con altanería, como si aquello no fuera más que una maniobra de Max.

Estaba convencida de que, por más que Chloe se hubiera quejado la noche anterior, por la mañana se había retractado. Sin su madre, su vida tendría un enorme vacío. Ella no sería capaz de salir adelante, no tenía a quién recurrir, después de la traición de Tony.

Max la saludó con fría cortesía, le presentó a Angus Hilliard, jefe de su departamento jurídico, le indicó que se sentara y regresó a su asiento al otro lado del escritorio.

–Resulta que no hay nada que discutir, Stephanie –anunció, e hizo un gesto a Angus para que le entregara el documento de rescisión de sus servicios como agente de Chloe.

Después de leerlo, la mujer lo miró burlona.

–Esto es inútil. Chloe regresará a mí en cuanto se

tranquilice. Si no hubieras interferido anoche, si no tuviera tu apoyo...

—Va a continuar teniéndolo.

—Seguro que solo la cuidas mientras dure su contrato contigo, porque te interesa. Pero luego...

—Puedo sugerirle un reputado agente que no se lleve el porcentaje tan exorbitante que le quitas tú.

Aquella mujer le desagradaba tanto que iba a acabar por completo con su influencia sobre Chloe.

—Sin mí, no sería nada —le espetó ella—. Y lo sabe. He planificado cada paso de su carrera, la he entrenado para que fuera capaz de desempeñar cualquier papel, he hecho que se convirtiera en la estrella que tú estás explotando ahora.

—Pero no eres tú quien ilumina la pantalla con su presencia —replicó Max—. Eso no se lo has enseñado, es un don natural que has explotado en tu propio beneficio.

Supo que se había marcado un tanto al ver la frustración furiosa de ella.

—¿Crees que has ganado? —inquirió la mujer desafiante, poniéndose en pie y lanzándole la rescisión de contrato—. Cuando acabe tu contrato con ella, me aseguraré de que no vuelva a firmar contigo.

—No cuentes con ello, Stephanie. Te recomiendo que uses lo que le has exprimido a tu hija para tener tu propia vida.

Ella lo fulminó con la mirada, y su furia ardiente fue dejando paso a la suspicacia.

—¿Por qué estás llevándolo al terreno personal?

Él se encogió de hombros y se relajó en su asiento con una sarcástica sonrisa.

—Me apetece desempeñar el rol de justiciero.

–¿O es que estás loco por Chloe, y has aprovechado la ocasión?

La pregunta se acercaba demasiado a la verdad. Max la miró burlón.

–Salgo con Shannah Lian, a quien no le gustaría lo que acabas de sugerir. A pesar de mi reputación con las mujeres, no suelo estar con dos al mismo tiempo.

–Sea cual sea tu interés por Chloe, se te pasará. Eres así –replicó ella, elevando la barbilla–. Entonces, Chloe volverá a mí.

«Eso nunca», pensó Max, con tal violencia que le sorprendió.

La mujer se marchó con altanería y cerró la puerta de un portazo. Max se prometió que no se saldría con la suya.

–No me gustaría caer en las garras de esa mujer –comentó Angus Hilliard.

–El truco está en que no tenga nada a lo que sacarle la sangre. Ya ha tenido su cuota, Angus.

–Sin duda –afirmó el abogado, con el brillo de la acción en la mirada–. Por lo que nos ha contado Chloe en el desayuno acerca de todo lo que ganó siendo aún menor, podría conseguir que acusaran a su madre de apropiación indebida.

–No. No husmearemos en el pasado –decidió Max–. Es mejor para Chloe no dar pie al victimismo, o tendrá que revivirlo en el juicio. Y no estoy seguro de que esté preparada. Concentrémonos en su futuro, en lo que puede hacer. Y para que tenga la oportunidad de hacerlo, debemos evitar que su madre tenga acceso a ella.

–Necesita un guardaespaldas –sugirió Angus–. ¿Me encargo de ello?

–Sí. Busca alguien con quien se sienta cómoda, de

aspecto paternal, cincuentón, experimentado. Que acuda esta tarde a mi casa de Vaucluse para una entrevista conmigo.

–Así lo haré –afirmó el abogado, y sonrió levemente–. Nunca me has parecido un justiciero, Max, pero debo admitir que Chloe Rollins tiene algo. Te dan ganas de ayudarla.

El guardaespaldas también lo percibiría, por eso no quería a un joven atractivo que congeniara demasiado con ella. Necesitaba tiempo para reorganizar sus asuntos, tiempo para que a ella le gustara tenerlo en su vida, y no iba a permitir que otros afectos interfirieran en eso.

–Tiene algo muy especial –reconoció, y se puso en pie con una sonrisa–. Y a mí no me supone nada el rescatarla y protegerla. Es un pequeño pero satisfactorio desafío.

Angus se rio.

–Ese es el Max que yo conozco. Es una satisfacción ganarle a esa madre monstruosa. ¿Ahora regresas al hotel?

–Sí. ¿Dejarás todo bien atado respecto al contrato de Tony Lipton?

–Con nudos que no podrán deshacerse.

–Gracias por tu ayuda, Angus.

Max se marchó, seguro de que no se había descubierto respecto a sus intenciones hacia Chloe. Y así lo mantendría hasta el momento oportuno. Un placer secreto, sazonado por las expectativas... Disfrutaría con la espera.

Chloe no lograba relajarse. No podía dejar de pensar en la idea de una vida independiente. Le había avergonzado confesarles a Max y su abogado en el desayuno lo imposible que le había resultado establecerse por su cuenta. A los dieciocho años, había querido liberarse de las exigencias de su madre, pero el dinero que se suponía estaba en un fondo engrosado a lo largo de su niñez y adolescencia se había esfumado: su madre lo había administrado a su gusto. Sin ahorros, y sin preparación para otra cosa, su sueño de independencia se había hecho añicos. Se había resignado a trabajar a las órdenes de su madre, aunque había insistido en que su parte de las ganancias fuera a una cuenta bancaria a la que solo ella tenía acceso.

El trabajo no le disgustaba. Dado que desde pequeña se construía sus mundos soñados, le resultaba fácil meterse en cualquier papel. Pero a veces deseaba una vida real, sin apariencias, sin papeles que representar, siendo solo ella misma.

Sin la presión de su madre y Tony de tener una activa vida pública, podía tomar sus propias decisiones, como llevaba haciendo desde que Maximilian Hart había intervenido y le había entregado esa libertad. Pensar en la reunión entre él y su madre le daba escalofríos, no habría querido estar allí bajo ningún concepto. Agradecía que él se hubiera ofrecido a encargarse del tema. Pero debía aprender a manejarse por sí misma cuanto antes, si quería ser realmente independiente.

Sonó el teléfono. Solo podía ser él, el hotel tenía órdenes de no pasarle ninguna otra llamada.

Corrió hacia el escritorio, nerviosa.

—¿Diga?

—Todo solucionado —anunció él con tranquilidad—. Tu madre ha sido notificada legalmente de que ya no es tu agente. Estoy regresando al hotel. ¿Has encontrado algo de tu gusto entre la selección que te han ofrecido las boutiques?

Chloe tenía tantas preguntas que le costó centrarse en lo que él le decía.

–Sí, gracias. La dependienta se ha llevado el resto. He anotado los precios de lo que he elegido para poder devolverte el dinero cuando tenga acceso a mi cuenta bancaria.

–No te preocupes –dijo él sin darle importancia–. Me imagino que ahora estás felizmente vestida y preparada para aparecer en público.

Sintió pánico. ¿Estarían los periodistas listos para asaltarla a las puertas del hotel, preguntándole por Tony y Laura?

–¿Cuánto de público?

–Solo comer en el hotel, Chloe –le aseguró él–. He reservado mesa para nosotros en el restaurante Galaxy. Conmigo estarás a salvo.

A salvo y, esperaba, más relajada a su lado al verse en un restaurante, pensó Chloe aliviada. Estar a solas con él en aquella suite le ponía nerviosa, dejaba manifiesta su vulnerabilidad hacia el poderoso magnetismo que él desprendía.

–De acuerdo. ¿Cómo ha ido la reunión?

–Te lo cuento durante la comida. Estaré ahí dentro de una media hora. Hasta luego.

Media hora... Colgó y se miró al espejo para comprobar su aspecto. El azul era su color favorito, por eso había elegido un vestido de lunares blanco y azul, con un cinturón blanco ancho, unos tacones *peep toe* blancos y un *clutch* blanco. El conjunto elegante y clásico era adecuado para comer en el lujoso restaurante del hotel.

Llevaba un peine y algo de maquillaje en su bolso de la noche anterior, así que estaría presentable para la comida. Se repasó los labios y el cabello. Nadie podría criticar su apariencia, especialmente su madre, que no estaría allí.

Eso la alegró. Era un nuevo día, y por primera vez se dio cuenta de que hacía un tiempo maravilloso. El hotel se encontraba camino de la Ópera de Sídney y ofrecía unas vistas espectaculares del puente. No había ni una nube en el cielo, el agua resplandecía y Chloe contempló ociosa los barcos entrar y salir del puerto.

Se le aceleró el pulso cuando oyó que abrían la puerta de la suite. No podía resistirse al impacto que le causaba Maximilian Hart. Lo vio entrar y detenerse en seco al verla. ¿Era posible que le hubiera impresionado?, se preguntó. Seguramente eran imaginaciones suyas, aunque por un momento, el aire se había cargado de electricidad, haciendo vibrar todo su cuerpo.

–Mary... –murmuró él.

–¿Cómo dices?

Max sacudió la cabeza mientras sonreía levemente.

–Me has recordado a alguien.

¿Una mujer que le importaba, tal vez? Le hubiera gustado preguntarle acerca de ella, porque la momentánea dulzura que había mostrado le había despertado curiosidad. Pero casi al instante, él se encogió de hombros y volvió a ser el poderoso hombre con todo bajo control.

–Bonito vestido –alabó–. Te sienta bien.

Chloe se ruborizó, aunque era un simple halago cortés y enseguida él retornó a los negocios. Le tendió un papel.

–Es un permiso para la empresa de mudanzas para

entrar en tu apartamento de Randwick, empaquetar tus cosas y llevarlas a la casa de invitados de mi finca de Vaucluse. Si lo firmas ahora, pueden tenerlo terminado para esta tarde –explicó él con naturalidad.

Chloe contempló el papel y tragó saliva. Quería sus cosas fuera del piso y un lugar donde ponerlas, pero estar tan conectada con aquel hombre le parecía... peligroso. No había previsto nada, ni tenía un plan alternativo que proponer, pero...

–Seguro que puedo alquilar un apartamento –propuso nerviosa–. No me siento cómoda respecto a...

–En ningún otro sitio puedo garantizar tu seguridad, Chloe –la interrumpió él–. No vivirás conmigo: la casa de invitados está aparte del edificio principal. Lo importante es protegerte contra el acoso, y no solo de tu madre y Tony. En cuanto salte este escándalo, los paparazis te perseguirán. En mi finca estarás a salvo. Considéralo un acuerdo momentáneo, mientras piensas cómo organizar tu futuro.

Ciertamente, necesitaba tiempo para poder planificar su vida, y había muchas posibles amenazas a su ansiada libertad. Max estaba ofreciéndole seguridad. Suspiró para aliviar la tensión de su pecho. No sirvió de nada. Le asaltó otra preocupación.

–Podría haber rumores sobre nosotros: dejo a Tony... vivo contigo...

Él la miró, divertido ante la insinuación de que podrían dar la impresión de ser amantes.

–Dejaré muy claro que eres mi invitada. Solo estoy cuidando a la estrella de mi serie mientras atraviesa un episodio traumático de su vida.

Ella se ruborizó. El temor a irse con él era absurdo, además estaba con otra mujer.

–Tal vez a Shannah Lian no le guste.

Max se encogió de hombros.

–Puedo ocuparme de mis propios asuntos.

Por supuesto que podía, y de los suyos, pensó Chloe. Se sintió una tonta por cuestionar la situación cuando él ya había tenido en cuenta todos los aspectos. Lo mejor era aceptar su oferta.

–¿Tienes un bolígrafo? –pidió, y tras firmarlo, le entregó el papel–. Es un gran detalle que estés haciendo todo esto por mí.

Él sonrió satisfecho.

–Me gusta ser quien mueve los hilos, está en mi naturaleza. Me agrada poder ayudarte.

Un caballero andante de ojos oscuros y destilando un placer que a Chloe le resulto muy sexual de pronto. Se le aceleró el corazón. Se le contrajo el vientre. Necesitó mucha fuerza de voluntad para ignorar esa inesperada excitación y pensar en otra cosa.

–He estado mirando la prensa –balbuceó–. Creí que mencionarían el... escándalo.

–Anoche me aseguré de que no se conociera la historia. No creo que pudieras aguantar el acoso de la prensa, y en este hotel estás demasiado expuesta a ello.

Aquel afán por cuidarla resultaba más seductor que su magnetismo físico. Le resultaba muy difícil mantener alta la guardia frente a su atractivo.

–No siempre será así –continuó él–. Alguien hablará. Tan solo he comprado el tiempo suficiente para crear un entorno seguro donde nadie podrá acceder a ti sin tu permiso.

–Gracias –murmuró, abrumada–. A pesar de lo que tú digas a la gente, el hecho de abandonar a Tony y vivir en tu casa levantará muchos cotilleos.

–¿Eso te preocupa?

Ella lo pensó por unos momentos.

–No. Seguramente atenuará la humillación del escándalo, y a mi orgullo le sentará muy bien estar relacionada contigo. Eres un pez más gordo que Tony –añadió, con una sonrisa irónica.

Max soltó una carcajada.

–Hazme saber si te entran urgencias de freírme.

–No creo que se dé la oportunidad. Nadie te ha pescado nunca –replicó ella, ruborizándose de nuevo.

–Ni creo que eso cambie. Para la gente soy un tiburón –enarcó una ceja a modo desafiante–. Podrías intentar ponerme una red alrededor.

De pronto, ella se dio cuenta de que eso era lo que él estaba haciendo, rodeándola con una red de seguridad.

–Yo no tengo tu poder.

–El mío no, pero sí tienes el tuyo propio, Chloe –aseguró él, serio–. Tú emocionas a las personas. A mí incluido.

El brillo burlón de su mirada indicó a Chloe que no era un caballero andante. En el fondo, sí que era un tiburón, siempre de caza: perseguía lo que le atraía, le daba un par de bocados y se marchaba en busca de otra presa. Ninguna red podría atraparlo. Seguía pareciéndole intimidante, peligroso, poderoso.

Sin embargo, le hacía ilusión saber que ella le emocionaba. No quiso pensar que fuera algo sexual. Ella aún estaba casada y él tenía a Shannah Lian. Seguramente se trataba de una oleada de simpatía que él no solía experimentar. Fuera como fuese, se sintió menos como una imagen que le gustaba, y más como una persona de quien se preocupaba.

–Me alegro de emocionarte. Te lo agradezco. Me has proporcionado un escape que yo no podría haber logrado.

–Espero que eso conduzca a un futuro más feliz –deseó él, ofreciéndole su brazo–. Disfrutemos de la comida.

Chloe agarró el *clutch* y se sujetó de su brazo, decidida a no preocuparse por lo que le motivara a ayudarla. Era afortunada de tener al tiburón de su lado, ahuyentando lo malo.

Se estremeció al estar tan cerca de él, y no de miedo, sino de placer por estar unida al poder que había hecho posible su libertad. Advirtió la fuerza de su brazo, se le activaron los instintos femeninos, y reprimió el deseo de que él siempre estuviera a su lado. Lo cual era totalmente irreal. Y una debilidad de carácter, se reprochó.

Debía aprender a ser fuerte por sí misma. Pero en aquel momento, era una maravilla estar con Maximilian Hart.

Capítulo 4

HILL HOUSE, un nombre sencillo para una mansión casi histórica en Vaucluse. Había sido construida por un magnate australiano de los transportes que había hecho fortuna a principios del siglo XX, y la habían habitado sus descendientes hasta que el último había fallecido hacía tres años. Cuando salió a subasta, había recibido mucha publicidad. Maximilian Hart había ofrecido la puja más alta.

Todo el mundo había creído que la compraba para especular, pero se la había quedado y, de hecho, vivía en ella.

«Tal vez lo que le gustó fue la privacidad», pensó Chloe observando los altos muros de ladrillo delimitando la propiedad, mientras Max pulsaba un mando para abrir las enormes puertas de hierro que había frente a ellos. Las atravesaron en su Audi cupé negro.

Chloe había estado bastante relajada durante la comida en el restaurante del hotel, pero ir sentada junto a él en su coche, camino de alojarse en su casa, le había puesto nerviosa de nuevo. Estar tan cerca de él le abrumaba. Era muy notable su generosa atención a sus necesidades, pero Chloe intuía que estaba adentrándose en aguas peligrosas con él, especialmente cuando se quedaban a solas. Aquel hombre era dinamita se-

xual. Le provocaba sentimientos y pensamientos te-
rriblemente inapropiados.

Las puertas se cerraron tras ellos, aislándolos del
resto de Sídney, de su madre, de Tony, y de cualquiera que quisiera agobiarla. Ojalá el refugio que le
ofrecía Max no estuviera lleno de su carisma, como
su coche.

El camino de entrada, de piedra gris, discurría entre
dos prados de perfecto césped. Unos espectaculares
árboles habían sido plantados a lo largo del muro y
hacia un lateral de la casa, como enmarcándola.

La mansión, de tres pisos, impresionaba por su her-
mosa simetría. Las alas laterales tenían sendos hastia-
les blancos. La entrada principal también tenía uno,
sostenido por columnas dóricas. Las ventanas grandes
y con barrotillos del primer piso estaban perfectamente alineadas con las ventanas del desván, que so-
bresalían del tejado gris. En la planta baja, decenas de
puertas acristaladas permitían que la luz bañara el interior de las habitaciones.

Chloe se enamoró de ella nada más verla. De haber
podido permitírselo, la habría adquirido. La envidia y
la curiosidad le llevaron a preguntar:

–¿Por qué compraste este lugar, Max?

Él la estudió unos instantes con la mirada, sonrió
ante su reacción y contestó:

–Me atrajo.

A Chloe le sorprendió esa respuesta, aunque comprendió perfectamente el sentimiento que reflejaban.

–Entonces, ¿no piensas venderla?

–Nunca.

Quería saber más sobre él.

–¿Por qué te atrae?

–Todo en ella me gusta. Me siento bienvenido a casa cada vez que atravieso las puertas de hierro.

La satisfacción de él le recordó un artículo que había leído de su ascenso desde los harapos a su enorme fortuna. Lo había criado su madre soltera, que había fallecido por abuso de drogas cuando él tenía dieciséis años. No mencionaba dónde había vivido con ella, ni en qué condiciones, pero Chloe podía imaginarse que, en su infancia y adolescencia, nunca había experimentado lo que era un hogar.

–Es preciosa –murmuró apreciativa–. Comprendo que te sientas bienvenido. Apetece recorrerla.

–Y quedarse –añadió él–. Puede decirse que heredé el mayordomo, la cocinera y el jardinero de la señorita Elizabeth, el último miembro de la familia Hill. Aunque les dejó un legado en su testamento y podían haberse jubilado con ello, no quisieron marcharse. Para ellos también es su hogar.

Era un acuerdo curioso, para un hombre que siempre hacía lo que deseaba.

–¿Te alegras de haberlos mantenido?

–Sí. Pertenecen a este lugar. En cierta manera, se han convertido en mi familia. Son las tres Es –dijo, con una sonrisa–: Edgar es el mayordomo; su mujer, Elaine, la cocinera. Eric es el jefe de jardinería. Viven en sus propios apartamentos en la última planta. Cuando necesitan ayuda extra, contratamos a más gente. Cuidan tan bien del lugar, que sería una estupidez cambiar.

Detuvo el Audi delante del patio delantero de la casa y apagó el motor.

–Conocerás a Edgar enseguida –la informó, girándose hacia ella–. Le gusta ser muy formal, pero ya verás que es muy amigable. Te conducirá a la casa de invitados y te explicará cómo funciona todo.

Chloe sintió alivio al saber que Max no la acompañaría allí.

—Gracias de nuevo por rescatarme –dijo sonriente.

—No es nada –respondió él.

Conforme llegaban al porche, la puerta principal se abrió, dando paso a un hombre alto y algo corpulento con porte muy digno. Vestía un traje negro, camisa de rayas grises con cuello y puños blancos, y una corbata de seda negra. El pelo era gris, los ojos azules, y el rostro increíblemente terso para un hombre que debía de tener unos sesenta años. Posiblemente no sonreía mucho y prefería un aire de gravedad.

—Buenas tardes, señor –saludó, con una breve inclinación de cabeza.

—Edgar, esta es la señorita Chloe Rollins.

Ella recibió una media reverencia.

—Es un placer darle la bienvenida a Hill House, señorita Rollins.

—Gracias –respondió ella, con una cálida sonrisa.

—Voy a dejar el coche en el garaje y luego estaré en la biblioteca, Edgar. Tengo que atender unos negocios –le informó–. ¿Puedes ocuparte de la señorita Rollins?

—Por supuesto, señor –aseguró él, y movió el brazo con elegancia–. Si me acompaña, señorita Rollins, la llevaré a la casa de invitados.

«Un mayordomo perfecto», pensó Chloe mientras recorrían la magnífica mansión, rica pero no ostentosa: el vestíbulo dominado por una fabulosa escalera curva; las paredes con paneles de madera; los cuadros de aves enmarcados en oro.

Edgar la condujo por un amplio pasillo con puertas a ambos lados. Ella hubiera querido saber cómo eran las habitaciones del otro lado de las puertas cerradas, pero no se sintió con la libertad para preguntarlo.

Salieron a una gran terraza con una piscina en el centro. La rodeaba una pérgola con parras que proporcionaban sombra, y ofrecía unas espectaculares vistas al puerto.

—La casa de invitados está situada en la siguiente terraza —la informó Edgar—. En los viejos tiempos, era la casa de los niños.

—¿No vivían en la mansión? —inquirió ella asombrada.

—Claro que sí, pero se pasaban el día jugando allí, cuidados por su niñera. Era muy cómodo para darles la comida y que los más pequeños durmieran la siesta. La señorita Elizabeth decía que les encantaba tener su propio espacio. Lo mantuvo igual hasta su muerte, y acudía a menudo a recordar la felicidad de tiempos pasados.

—¿Sigue igual? —preguntó ella, deseando que así fuera.

Edgar sonrió benevolente ante tanta ilusión.

—No del todo, aunque el señor Hart conservó el estilo cuando hizo la reforma. La antigua estufa, la casa de muñecas, las estanterías con libros y los armarios de juegos siguen en el salón, donde además hay un televisor y un reproductor de DVD. Pero la cocina y el baño hubo que modernizarlos. Estoy seguro de que lo encontrará acogedor, señorita Rollins.

Ella suspiró, deseando poder haberlo visto en su estado original, pero entendiendo la necesidad de cambios al convertirla en casa de invitados.

La casita se encontraba bajando unas escaleras de piedra. Era de ladrillo rojo, y puertas y ventanas blancas; parecía la mansión en miniatura. Conforme bajaban las escaleras, Chloe vio otra terraza abajo que terminaba en un muro rocoso que servía de rompeolas respecto al puerto. De él partía un muelle con un cobertizo para barcas. Ninguno de esos niveles era visible desde la terraza de la piscina.

Edgar abrió la puerta de la casita y, con un gesto grandilocuente, invitó a Chloe a entrar. El salón, deliciosamente acogedor, ocupaba la mayor parte del pequeño edificio. A la izquierda había dos mecedoras y un sofá. La ventana tenía un asiento con cojines donde acurrucarse para leer o para observar el tráfico del puerto. A su lado, una fascinante casa de muñecas; al otro, el televisor. Y a lo largo de la pared, armarios en la parte inferior y estanterías en la superior.

A la derecha había una mesa redonda con seis sillas y una pequeña cocina, todo en madera y cerámica. Edgar abrió un armario-despensa.

–Mi mujer, Elaine, lo ha llenado de lo básico, pero si quiere algo en particular, pulse el botón «Cocina» en el teléfono y pídaselo.

También abrió el frigorífico, bien aprovisionado con lo básico y además un guiso de pollo listo para calentar en el microondas para la cena de esa noche.

–Dele las gracias a Elaine de mi parte –pidió Chloe, encantada–. Es todo un detalle por su parte.

Recibió otra sonrisa benevolente.

–Deje que le enseñe el resto de la casa.

Tenía dos habitaciones y un cuarto de baño que las separaba. La que había sido habitación de los niños tenía dos camas; la de las niñas una, extragrande. Todas con colchas de *patchwork*. Ambas estancias incluían grandes armarios empotrados, había mucho sitio para guardar sus cosas, pensó Chloe, aunque solo iba a desempaquetar lo más necesario.

–Son las tres y cuarto. La empresa de mudanzas ha calculado que llegarán aquí a las cuatro y media. Eric, el jardinero del señor Hart y su hombre para todo, la ayudará a abrir las cajas y se llevará las que queden vacías. El resto pueden almacenarse en el cuarto de los niños. Hasta entonces, ¿necesita alguna cosa?

–No, Edgar, gracias. Disfrutaré explorando todo lo que hay por aquí.

–De nada, señorita Rollins –dijo él, y se marchó tras hacer una reverencia.

Chloe se preparó un café y se lo fue bebiendo mientras inspeccionaba las estanterías. Había CDs de música clásica y popular, bastantes best sellers de ficción y no ficción. Pero lo que más le llamó la atención fue la colección de libros más antiguos: Dickens, Robert Louis Stevenson, Edgar Allan Poe, *Ana de las tejas verdes*, *Pollyana*, una antigua Enciclopedia Británica, un libro con dibujos de aves, una historia de las embarcaciones y una guía de costura creativa.

Se imaginó a la niñera con los niños viviendo escenas de una niñez que ella no había conocido. Sintió una oleada de empatía hacia la señorita Elizabeth cuando se sentara en aquel salón a revivir sus recuerdos.

Los armarios contenían más tesoros: un Monopoly muy usado pero en buen estado, tableros de diferentes juegos, fichas y dados, cartas, puzles. Chloe decidió que empezaría uno esa misma noche. Sería mucho más divertido que ver la televisión.

Se terminó el café y se acercó a la pieza más fascinante: la casa de muñecas. Era de madera y tenía dos pisos. El tejado se levantaba para poder acceder al interior. Las habitaciones estaban fabulosamente amuebladas, con armarios, sillas, tocadores con espejos, incluso pequeñas colchas de *patchwork* en las camitas. El cuarto de baño tenía una bañera de porcelana en miniatura, un lavabo y un diminuto retrete.

Todas las puertas y ventanas se abrían y cerraban. Y la planta baja era igual de fabulosa: la entrada estaba presidida por una escalera hacia el primer piso. A un lado había un comedor y una cocina perfectamente equipados; al otro, un salón también deliciosamente decorado, y detrás un lavadero.

Chloe estaba explorándola, sentada en el suelo, cuando le sorprendió la llamada a la puerta. Giró la cabeza y se le aceleró el corazón al encontrarse con la mirada brillante de Maximilian Hart a través de la puerta acristalada. Se le encendieron las mejillas y se levantó al instante, sintiéndose tremendamente expuesta por que la hubiera encontrado haciendo algo tan infantil.

Se esforzó por recobrar la compostura conforme se dirigía a la puerta, y logró sonreír levemente.

–De niña no tuve casa de muñecas –se justificó.

–¿Alguna vez pudiste ser niña, Chloe? –preguntó él compasivo.

Ella hizo una mueca.

–Mi vida no fue corriente. Mi madre...

No terminó la frase, ya que no quería pensar en ella.

–La mía tampoco fue corriente –comentó él con ironía–. ¿Esta casa te da otra sensación?

–Sin duda –afirmó ella con rotundidad–. Me encanta, Max.

Lo vio asentir como reconociendo todo lo que ella se había perdido, tal vez un eco de lo que le había ocurrido a él. Se le aceleró el corazón y dio paso a una poderosa determinación. Era tal la intensidad de sus emociones que no sabía qué hacer.

–¿Puedo pasar?

La vergüenza aumentó su desconcierto. Se le había olvidado invitarlo a entrar.

–Por supuesto, adelante.

Se hizo a un lado, con todo su cuerpo estremeciéndose ante el magnetismo que aquel hombre desprendía.

–Deja la puerta abierta –comentó él–. Solo quería hablar contigo un momento antes de presentarte al guardaespaldas que está esperando fuera.

Ella lo miró atónita.

–Lo he contratado para que te lleve y recoja del set, o donde tú quieras ir. Se mantendrá cerca de ti cuando estés fuera de esta finca y se asegurará de que nadie te moleste. Solo es una medida preventiva, Chloe, no te preocupes. Más adelante podrás prescindir de sus servicios, pero creo que al principio te sentirás más segura con él cerca –dijo, y sonrió a modo de disculpa–. Lamentablemente, tengo compromisos que atender y no puedo estar a tu lado siempre.

–No esperaría eso de ti –señaló ella, consciente del tiempo que él ya le había dedicado.

–Me gustaría que aceptaras el guardaespaldas, aunque solo sea para que yo me sienta tranquilo de que he cubierto todas las opciones que puedan causar un problema para ti. Odio el fracaso –añadió él, burlón.

Considerando todo lo que había hecho por ella, Chloe se sintió en la obligación de acceder, aunque un guardaespaldas le pareciera algo excesivo.

–De acuerdo. Si lo crees necesario...

–Sí, lo creo.

Max salió y llamó a alguien que esperaba fuera. Entró un hombre de unos cincuenta años, con traje gris, cabello canoso y aire paternal. Tan alto como Max, fornido, con autoridad y músculos para imponerse si era necesario.

–Esta es la señorita Chloe Rollins. Él es Gerry Anderson –los presentó Max.

–A su servicio, señorita Rollins. Todo el mundo me llama Gerry, tómese la libertad de hacerlo usted también –comentó el hombre, con una agradable voz grave, estrechándole la mano.

–Gracias. Espero no suponerle muchos problemas –respondió ella.

–Me ocuparé de cualquier cosa que se le acerque, señorita Rollins –aseguró, y le tendió un teléfono móvil–. Estaré aquí el lunes a las seis de la mañana para llevarla al trabajo. Si antes de eso desea salir en algún otro momento, llámeme por aquí.

Le enseñó su número almacenado y le entregó el móvil.

Era sábado por la tarde. Pasaría la mayor parte del domingo desempaquetando sus cosas y tenía comida de sobra, calculó Chloe.

–Gracias, pero mañana no iré a ningún sitio –contestó con decisión.

–Quédeselo. Estoy disponible las veinticuatro horas del día.

–De acuerdo.

—Gracias, Gerry —dijo Max a modo de despedida.

El hombre los saludó con un gesto y se marchó, dejándolos a solas de nuevo. Max la miró con tanta intensidad que se le aceleró el corazón.

—Ya que esta casa te gusta, te sugiero que te quedes aquí hasta que hayamos rodado los doce episodios de esta temporada. Sería más fácil para ti, sin tensiones que interfieran en tu trabajo. Yo puedo alojar a mis otros invitados en la mansión, no supondría ningún problema.

Dos meses viviendo allí era un plan muy seductor. Pero ese tiempo tan cerca de él...

—Piénsatelo —invitó él con voz suave—. Solo quería que supieras que puedes quedarte lo que desees.

—Gracias —logró decir ella, esperando que no se notara su torbellino interior.

—Y por favor, usa la piscina cuando quieras —añadió él, con una sonrisa que le hizo estremecerse de placer—. La previsión de mañana es de mucho calor.

—Gracias —repitió ella, y temió estar sonando como un loro.

—Relájate, Chloe —dijo él, con mirada aterciopelada, y le acarició suavemente la mejilla—. Sé feliz aquí.

Fue solo un leve roce, pero dejó un ardiente cosquilleo durante varios minutos después de su partida. Chloe no lo acompañó a la puerta, se quedó como embobada y se llevó la mano a la mejilla, no sabía si para conservar la sensación o disiparla.

Lo que sí sabía era que Maximilian Hart la afectaba como ningún otro hombre antes, profundamente. Y, mientras que eso le asustaba, también le emocionaba, como si él estuviera abriendo puertas que ella quería atravesar... a su lado.

Capítulo 5

MAX ESTABA tumbado bajo la pérgola este, haciendo crucigramas de los periódicos dominicales. De cuando en cuando, miraba hacia la esquina norte de la terraza, con la esperanza de que Chloe se animara a darse un baño en la piscina. Era una mañana tan calurosa que seguramente por la tarde caería una tormenta. La sombra de las parras y la brisa hacían tolerable la espera.

Había preparado el terreno con esmero para conseguir lo que deseaba. Estaba seguro de que Chloe aceptaría su invitación a quedarse, al igual que no tenía dudas de la química sexual que había entre ellos. Debía contenerse durante un tiempo. Era una jugada delicada, no debía presionar demasiado, ni demasiado pronto. Debía evitar que Chloe se sintiera dominada. Eso ya lo había sufrido con su madre, no querría repetirlo. Tenía que lograr que ella sintiera que todo lo que hacía era por decisión propia, pero lograría que lo deseara tanto como él a ella.

Le sorprendió la fuerza de su deseo. No era su estilo involucrarse tanto. Todas sus relaciones anteriores se habían ceñido a mantener sexo regularmente con mujeres que le gustaban, una urgencia que satisfacía con gusto. Podría haber sucedido la noche anterior con Shannah. Ella se lo había propuesto incluso después de que él hubiera dado por terminado su romance, a modo de despedida. Pero él no había tenido ningún interés. Y ella había aceptado su parco beso en la mejilla con elegancia. Seguirían siendo amigos.

La realidad era que no podía dejar de pensar en Chloe. Su marido había pasado a la historia, pero él no quería arrastrarla a una aventura tan pronto: estaba demasiado vulnerable, sería aprovecharse de su herida. Debía esperar, se dijo. Por eso, cuando elevó la vista y la vio acercándose a la piscina, hubo de recurrir a toda su fuerza mental para aplacar su deseo.

Llevaba un sencillo bañador azul, de corte alto en la pierna y escote en V que revelaba la turgencia de sus senos. Cada una de las deliciosas curvas de su cuerpo estaba al descubierto. Max sintió que se le endurecía la ingle. Tuvo que esforzarse al máximo para relajarse de nuevo y, simplemente, observarla.

Ella no había reparado en su presencia, a la sombra de la pérgola. Dejó su toalla al borde de la piscina, se quitó las sandalias y se metió en el agua por la escalera que ocupaba el extremo más alejado. Gracias al sol, el agua estaba en su punto ideal de frescor. Sonrió de placer al sumergirse y dar unas brazadas. Max encontró especialmente atractivos sus hoyuelos en las mejillas y sonrió para sí.

Chloe se alejó de la escalera con un suave deslizamiento, flotando, con el cabello suelto como un halo dorado.

Max podría haber seguido contemplándola mucho más rato, recreándose en verla disfrutar, pero cuando ella empezó a nadar, le pareció que no sería correcto seguir en silencio. Se levantó de su tumbona y se acercó al extremo de la piscina más cercano a él, para saludarla cuando lo alcanzara.

–Buenos días.

La sorpresa de Chloe fue mayúscula. Elevó la cabeza. Creía que no había nadie en la terraza, que tenía la piscina para ella sola, pero era la voz de Max: estaba allí, de pie, a menos de un metro de distancia. Se le disparó el corazón al contemplar aquel magnífico cuerpo, desnudo excepto por un reducido bañador que dejaba muy poco a la imaginación.

Tenía el físico de un nadador olímpico: hombros y pecho anchos, brazos fuertes, músculos increíblemente perfilados, cintura y cadera estrechas, muslos y pantorrillas potentes, y la piel bronceada y reluciente. Era tan impresionante que se quedó sin aliento.

–Siento haberte sobresaltado –dijo él, y sonrió a modo de disculpa–. Estaba leyendo los periódicos bajo la pérgola.

Hizo un gesto hacia donde había estado.

–Cuando te he oído en la piscina, he pensado en refrescarme yo también. ¿Te importa?

–Claro que no –balbuceó ella.

Al fin y al cabo, la piscina era suya.

–¿Has dormido bien?

–Como un bebé –respondió, e hizo una mueca al recordar el bebé que tendría Laura, el que a ella le había sido negado.

Al ver su expresión, Max frunció el ceño.

–¿Está todo a tu gusto en la casa de invitados?

–Sí, perfecto –aseguró ella, sonriendo para no preocuparlo.

–Me alegro –dijo él, sonriendo también–. Nademos.

Se tiró al agua sin apenas salpicar y salió a la superficie casi a la mitad de la piscina, para continuar nadando en estilo libre. Chloe se acomodó en un asiento bajo el agua y lo observó llegar hasta el otro extremo y volver, aprovechando los breves minutos para tranquilizar su corazón desbocado. Maximilian Hart superaba con creces a cualquier otro hombre en cuanto a atractivo físico.

Tony también tenía un buen cuerpo, pero no alcanzaba aquella poderosa masculinidad. Sorprendentemente, no había pensado en él ni en Laura desde que estaba allí. Como si se hallara a una enorme distancia, inmersa en una existencia sin ellos. ¿Se debía a que Max se había interpuesto, borrándolos con su apabullante presencia, o era el efecto de la casa de invitados que le proporcionaba tan grata satisfacción?

Ambas cosas habían tenido que ver.

Allí estaba a salvo de hirientes discusiones con Tony, de la presión de su madre y su chantaje emocional, pero... ¿se hallaba a salvo junto a un tiburón?

Max terminó de nadar y se sentó a su lado, mirándola bromista.

–¿Te he asustado y por eso no nadas?

Ella se rio para disimular la tensión de tenerlo tan cerca.

–No podría seguir tu ritmo.

–Iré despacio –prometió él.

–Muy despacio.

–Perfecto.

Chloe se hundió en el agua, deseando que la actividad calmara su nerviosismo. Él no intentaba seducirla, solo estaba siendo él mismo. Además, salía con Shannah Lian. Por supuesto que estaba a salvo a su lado.

Nadaron varios largos juntos. Era imposible no estar pendiente de aquel hombre, pero Chloe consiguió sentirse medianamente cómoda para cuando se detuvo en el extremo en el que había dejado su toalla.

—¿Suficiente? —inquirió él.

—Por ahora —respondió ella, subiendo las escaleras tan consciente de que él la observaba que agarró su toalla y se la enrolló alrededor del cuerpo rápidamente.

—Odio estropearte el día, pero deberías leer lo que Lisa Cox ha escrito en la sección de ocio de su periódico dominical —comentó él, saliendo también de la piscina.

—¿Tan malo es? —preguntó ella, consternada.

—Bastante sensacionalista —respondió él sarcástico, haciendo un gesto hacia la pérgola oriental—. Ven y léelo por ti misma. Te serviré una bebida fría para que no sea tan duro.

Chloe lo siguió, tan preocupada que apenas se fijó en aquel bello cuerpo semidesnudo. Aunque sintió alivio cuando llegaron a la tumbona y él se tapó de cintura para abajo con una toalla.

Los periódicos se hallaban en una mesa auxiliar cercana, donde también había vasos de tubo y una nevera portátil.

—Este es —comentó, tendiéndole uno de los periódicos—. Siéntate, Chloe.

Sacó una jarra con zumo de la nevera.

—Al parecer, Tony ha revelado la historia. Por rencor, diría yo, después de que los de la mudanza se marcharan para traerte aquí tus cosas. Él cuestionó qué autoridad tenían y ellos le enseñaron el fax, donde figuraba esta dirección.

La mansión de Maximilian Hart en Vaucluse era una mejora considerable frente al apartamento de Randwick, mientras que Tony se quedaba sin nada, despedido e impotente ante lo que estaba sucediendo. Chloe podía imaginárselo queriendo hacer alguna maldad, pero ¿cómo exonerarlo de aquel comportamiento?

—Lisa Cox me telefoneó anoche para confirmar tu presencia en mi finca, y por si quería hacer algún comentario. También quería hablar contigo, pero le dije que no estabas disponible.

Sirvió el zumo en dos vasos y se sentó frente a ella.

—Espero que no te importe que interviniera.

Chloe negó con la cabeza.

—Estoy segura de que manejaste la situación mucho mejor de lo que lo habría hecho yo.

Él se encogió de hombros y su mirada se tornó dura e implacable.

—Le conté la verdad —afirmó, y continuó en tono burlón—. Tony le había dicho que lo habías abandonado por mí, omitiendo hechos como su infidelidad y el haber dejado embarazada a tu asistente personal. Yo desarmé sus mentiras, y según parece tu madre lo confirmó, al tiempo que intentaba noquearme a mí diciendo que te había apartado de ella cuando deberías recibir el consuelo que solo una madre puede ofrecer en tales circunstancias. No mencionó el hecho de que ya no es tu agente.

Chloe arrugó el ceño.

—Lo siento, Max. Te advertí de que habría una reacción violenta a tu protección.

–Eso me decide aún más a continuar –dijo él, con un brillo de determinación en la mirada–. Necesitas romper completamente con ellos, Chloe. Será mejor que te quedes aquí los dos meses. Como te he dicho, no supondría ningún problema, y podrías planear tranquila tu futuro.

Cómo le gustaba mandar en el campo de batalla, era un auténtico guerrero, pensó Chloe. Le gustaba su protección, probablemente demasiado. Pero de él podía aprender a defenderse.

–Será mejor que lo lea todo –murmuró, abriendo el periódico.

El titular era: *El escándalo salpica a la estrella de Maximilian Hart*. Daba muchos más detalles que los mencionados por Max: Tony echaba pestes acerca de que Max se la hubiera llevado, usando su poder para alejarla del matrimonio; su madre tomaba una postura parecida, sostenía que Max se había colado entre madre e hija sin importarle lo que fuera mejor para Chloe. Ambos lo pintaban como un manipulador implacable, lo cual no era en absoluto cierto.

Max había dicho la verdad: que ella se había quedado alterada y abrumada al descubrir en la fiesta que su esposo mantenía una aventura con su asistente personal y que la había dejado embarazada, y no había querido regresar ni junto a su esposo ni junto a su madre, por lo cual él le había ofrecido su casa de invitados como refugio, donde podría quedarse todo el tiempo que deseara. La crónica terminaba diciendo que Chloe Rollins había declinado hacer comentarios.

–Podrías demandarlos por calumnias hacia ti –murmuró ella, furiosa.

–Eso es irrelevante –dijo él con desenfado, y sonrió

irónico–. Es mejor no hacerles caso. Caerán en el olvido conforme la vida continúe.

–¿Sabes lo que más me enferma? Tanto mi madre como Tony me convencieron para que no tuviera un bebé, porque protagonizar tu serie era más importante.

Él apartó la mirada, con el ceño fruncido. Chloe lo interpretó como una confirmación de que Tony y su madre tenían razón.

Pero Max negó con la cabeza.

–Nada habría cambiado mi determinación de que fueras la protagonista –aseguró, y la miró fijamente–. Si hubieras estado embarazada, habría alterado la historia para incluirlo.

–Entonces, ellos estaban equivocados... –murmuró ella, maravillada.

Era extraña la gran satisfacción que eso le producía, como si reivindicara su decisión de abandonarlos.

–Tampoco importa mucho –añadió–. Ahora sería más lío si tuviera un bebé, con Tony alrededor y Laura riéndose de mí. Apuesto a que mi madre también lo sabía, no se le escapa nada.

–Seguramente –apuntó Max con sequedad–. No mostró ira ni disgusto acerca de lo que habían hecho, solo estaba furiosa porque se le acababa el show.

Chloe hizo una mueca al recordar todas las veces que había sido menospreciada por esa furia. Siempre había odiado la estridente manera de tratar con otros de su madre, incluso con Max, asegurándose de que tenía todo bajo control. Era el trabajo de una agente, pero la manera en que lo hacía...

Max debía de haber disfrutado el cortar la relación profesional con su madre. A ella, esa libertad le suponía un enorme alivio.

Bebió de su vaso, advirtiendo que Max se había sumido en sus pensamientos, tal vez evaluando cómo manejar un asunto. Tras unos minutos, él la miró con curiosidad.

–Solo tienes veintisiete años, Chloe. ¿Estás desesperada por tener un bebé?

Ella se ruborizó.

–Desesperada, no. Solo quería algo real en mi vida. Mi madre siempre manipulaba las cosas, y Tony también. Pero un bebé... no hay nada más sincero que eso, ¿verdad?

–Sincero –repitió él, pensativo.

–Ahora me alegro de que no sucediera –continuó ella–. Me hubiera atado a Tony durante el resto de mi vida.

–Cierto. Al menos así puedes no volver a verlo nunca.

–Excepto por el divorcio –comentó ella, con una mueca.

–Eso puede hacerse a través de abogados –señaló él–. Solo me preguntaba si tendrías la urgencia de acostarte con cualquiera para quedarte embarazada.

–¡No soy tan estúpida, Max! –negó ella con vehemencia.

–No creo que lo seas. Es solo que, ante un cambio traumático en sus vidas, la gente a veces olvida el sentido común.

–Ya tengo suficientes problemas solucionando mi vida actual –insistió ella–. No añadiría un bebé.

Vio que sonreía satisfecho y percibió algo más, como si acechara a su presa. Se estremeció.

–Estoy hambriento –anunció él–. Es la hora de comer.

Chloe suspiró aliviada. Lo que le ocurría era que tenía hambre, no que quería merendársela a ella.

–Voy a decirle a Edgar que traiga la comida aquí –comentó, agarrando un teléfono móvil–. ¿Le pido comida para dos? No supondrá un problema para Elaine. Siempre cocina para un regimiento.

Era una invitación irresistible. A pesar de la atracción física que apenas podía ignorar, le gustaba hablar con él, conocer sus puntos de vista. No quería que terminara aquel encuentro. Además, después de haber probado el guiso de pollo de la noche anterior, la oferta de otra comida preparada por Elaine era una tentación extra.

–Gracias, será un placer.

Max observó su sonrisa, la suave curva de sus labios, sus hoyuelos, sus ojos azules brillando de placer, y pensó en lo bella que era, sin maquillaje ni nada. El cabello le enmarcaba el rostro con unos rizos perfectos. Su piel resplandecía, sin una impureza.

Quería tocarla, saborearla, pero no era el momento. Encargó a Edgar comida para dos en la piscina, sabiendo que aquel encuentro debía ser relajado, divertido, para que ella se sintiera a gusto y quisiera quedarse los dos meses.

El asunto del bebé había sido un problema para sus planes. Menos mal que lo habían descartado. Aunque, por unos momentos, se había preguntado cómo sería la vida si juntos llenaran la casita de los niños. Aunque no era una posibilidad real, dado el tipo de vida que él disfrutaba, sumando victorias en las batallas que escogía.

Pasaron dos horas más junto a la piscina, comiendo tranquilos, hablando de la industria televisiva. Max mantuvo la conversación impersonal, segura, haciendo que Chloe le contara qué le parecía la serie, su papel, el resto del reparto.

–¿Sabes, Max? Yo no tengo un don especial para generar la emoción en el mismo instante –comentó ella–. Cuando me asignan un papel, construyo la vida entera del personaje, para saberlo todo sobre él: por qué actúa o siente como lo hace en diferentes situaciones. Ante la cámara, soy el personaje. Es real, y yo solo lo muestro. Eso es todo.

Sí que poseía un don innato, pensó él. Su rostro reflejaba sus emociones todo el tiempo, también en su vida privada.

La había visto por primera vez en una serie legendaria que había durado años. Chloe resplandecía sobre el resto del reparto. Había descubierto que llevaba toda su vida en la televisión, haciendo anuncios de bebé, series infantiles y luego adolescentes. La tenía presente, en espera de conseguir un guion que mostrase su talento. Y ella no estaba decepcionándolo una vez que lo había conseguido.

Su padre también había sido un talentoso actor. Aún había personas que denigraban su temprana muerte, un suicidio causado por su depresión. Dudaba de que Stephanie hubiera intentado evitarlo, más bien le habría impulsado a hacerlo con sus egoístas exigencias.

No quería que Chloe entrara en una depresión y eso afectara a su trabajo en la serie, por eso estaba allí, lejos del alcance de su madre. Por el momento, parecía contenta. Pero no podría controlar su estado de ánimo cuando se hallara sola.

Se le ocurrió una idea: le regalaría un cachorro de perro o gato, algo que pudiera cuidar. Otro atractivo para que se quedara en la finca.

Pero no necesitó añadir otro atractivo.

Edgar había recogido la comida y los había dejado con el café y unos dulces. Chloe terminó su taza y miró a Max con aire decidido.

—Me quedaré los dos meses, Max.

Continuó, expresando su gratitud y muchas más cosas, pero él apenas la oyó de lo eufórico que estaba. Había ganado.

Y lograría todo lo que deseaba con Chloe Rollins antes de que ella se marchara.

Sería suya.

Capítulo 6

EL LUNES por la mañana, Chloe se alegró de haber aceptado los servicios de un guardaespaldas, y de que Max le hubiera cedido el Audi Quattro sedán con lunas tintadas para moverse de un lugar a otro. Los paparazis estaban acampados a las afueras de la mansión y a la entrada de los estudios. Aquel escándalo había despertado gran interés.

Una vez a salvo, traspasada la puerta de acceso a los estudios, Chloe pidió a Gerry que detuviera el coche y llamó al guarda de seguridad.

—Buenos días –saludó–. Debe saber usted que mi madre, Stephanie Rollins, ya no es mi agente y no será bienvenida en el set de grabación.

El hombre asintió.

—El señor Hart ya me ha dado instrucciones al respecto. Aplicables también al señor Lipton y a la señorita Farrell. No se preocupe, no se les permitirá la entrada.

Max, siempre un paso por delante. Pensaba en todo. Al menos, ella había actuado con decisión por una vez en su vida, se sentía bien. No volvería a permitir que nadie decidiera por ella, ni que intentara convencerla para hacer algo que no deseaba.

El día entero grabando fue más agradable sin su madre controlando, criticando, murmurando. Todos estaban al tanto de la situación, y al principio el resto del reparto la trató con cierto recelo y compasión. Solo cuando demostró que su nivel interpretativo seguía al máximo, se relajaron. Chloe sintió cómo crecía su confianza en sí misma conforme seguía las instrucciones del director sin un fallo.

La compasión dio paso a la curiosidad. Ella no se comportaba como una mujer traumatizada. ¿Habría empezado un romance con Maximilian Hart? Nadie lo expresó, pero ella podía leerlo en sus ojos. Extrañamente, no le importó. Sentía que la gente no la culparía si lo hiciera. De hecho, algunas mujeres la miraron con envidia cuando un hombre le preguntó con descaro si la casa de invitados de Max estaba al nivel de su mansión.

—Es más pequeña —contestó ella secamente, y su mirada cortante frenó el resto de preguntas sobre su vida privada.

Sin embargo, rompió la confidencialidad por la tarde, sin querer. Tras salir de los estudios, pidió a Gerry que la llevara a su mercado preferido en Kensington, porque quería comprar fruta y verdura y tener cierta independencia de las provisiones con que Elaine la surtía. Gerry insistió en acompañarla al interior, aduciendo que habían seguido su coche, aunque no en el aparcamiento, lo cual dejaba la duda de si había sido una casualidad.

Así lo creía ella. Con las lunas tintadas, ¿por qué iban a querer seguirla los paparazis? Max era un objetivo mejor, y no estaba allí.

Pero sí que los habían seguido.

Llevaba escasos minutos comprando, cuando una voz demasiado familiar la hirió como un látigo.

–¡Es vergonzoso que una madre tenga que perseguir un coche para poder hablar con su hija!

A Chloe se le cayó la lechuga que tenía en las manos. Le dio un vuelco el corazón. Se giró para hacer frente al ataque. Su madre estaba lívida de ira, echando fuego por los ojos. Elevó las manos para zarandearla por los hombros. Chloe tuvo el instinto tan aprendido de encogerse, pero lo desterró. No era una niña a la que se pudiera zarandear para someterla, su madre no tenía ningún poder sobre ella. Se mantuvo erguida, aunque con el estómago hecho un nudo y las piernas temblorosas.

Gerry Anderson se interpuso entre ambas, y Chloe suspiró aliviada ante su protección.

–¡Aparta! ¡Es mi hija!– protestó su madre, agarrándolo del brazo e intentando moverlo.

–¿Señorita Rollins? –preguntó Gerry.

Chloe tuvo la tentación de que él la protegiera y salir corriendo, pero había sido débil demasiado tiempo, permitiendo que su madre decidiera su vida. Si se marchaba sin más, significaría que aún tenía poder sobre ella, que siempre lo tendría. Debía ponerle fin si quería forjarse una vida independiente.

–Hablaré con ella, pero no te alejes, Gerry –respondió, y se giró hacia su madre, llena de determinación–. Si montas otra escena, mi guardaespaldas intervendrá y nos iremos. ¿Te queda claro, madre?

–Dirás el guardaespaldas de Max –se burló su madre–. Te está llevando al huerto claramente y tú eres tan ingenua que no lo ves.

–Tan solo está protegiéndome de este tipo de acoso.

–¿Y por qué lo hace, Chloe? ¿Te lo has preguntado?

–No me importa el porqué. He salido del engaño de mi matrimonio, que tú me ocultaste para que siguiera trabajando y dándote dinero. No soy tan ingenua, madre.

–Hoy has trabajado para darle dinero a Max Hart.

–Él no me ha engañado.

–Fue por tu bien –replicó ella a la defensiva–. La aventura habría terminado sin que te afectara, si Laura no se hubiera quedado embarazada.

–No me gusta tu opinión sobre lo que es bueno para mí. No pienso aceptarlo más.

–Me necesitas, Chloe –insistió ella–. Sin mí estarás perdida. Llevo tanto tiempo ocupándome de todos tus asuntos...

–Aprenderé a hacerlo yo.

–¿Crees que se aprende en un día? Vas a cometer muchos errores. Por ejemplo, ¿dónde vas a vivir?

Chloe dudó, aún no había pensado en eso.

–No puedes quedarte en la casa de Max para siempre –presionó su madre, burlona, y de pronto añadió–. Te ha invitado a quedarte, ¿cierto? ¿Cuánto tiempo?

–¡No es asunto tuyo! –exclamó Chloe a la defensiva.

–El suficiente para que creas que no me necesitas. ¿Un mes, dos...? –continuó, y de pronto sonrió triunfal–. Eso es, dos meses. Hasta que se haya grabado la temporada completa. Eso le irá muy bien. Y tú eres tan crédula que has accedido.

–A mí también me viene bien –replicó ella, detestando cómo su madre lo emponzoñaba todo.

–¡Te vas de una para meterte en otra peor! –se burló su madre.

–¿Qué quieres decir con eso?

Stephanie la miró con lástima.

–Max Hart es peor que Tony, mariposea de una mujer a otra. Está preparando el terreno contigo para cuando se libre de Shannah Lian. Lo cual sucederá muy pronto, hazme caso. No estarás dos meses en su casa sin que intente algo contigo. Me apuesto lo que quieras.

La atracción física que existía entre ambos era imposible de ignorar, pero odiaba cómo su madre interpretaba la situación.

–Terminarás en un lío aún mayor que el que tienes ahora –insistió–. Me necesitas, Chloe. Soy la única que te ha protegido siempre. Max Hart es un tiburón. Te engullirá y, cuando hayas satisfecho su apetito sexual...

–¡Basta! –gritó Chloe–. No tengo por qué seguir escuchando esto. Gerry, deseo irme.

Él la agarró del brazo y, con el otro, estableció una barrera.

–Discúlpenos, señora Rollins –dijo, e hizo que Chloe se dirigiera hacia la salida.

–Cuando descubras que tengo razón, volverás a mí –chilló su madre–. Yo te cuidaré.

Chloe mantuvo la mirada clavada en el horizonte. Se negaba a aceptar que no podía cuidar de sí misma. Lo haría.

Max no la obligaría a nada que ella no quisiera. Le dejaba elegir. No como su madre, que le ordenaba lo que debía hacer. Ni como Tony, que la engañaba con otra mujer.

Con Max podía ser ella misma. Era un paso positivo. Nunca retrocedería pidiéndole ayuda a su madre. ¡Nunca!

–¿Quiere que la lleve a otro mercado? –preguntó Gerry una vez en el coche.

Había olvidado la cesta con lo que había elegido, advirtió Chloe.

–Mañana por la tarde –dijo.

Estaba demasiado turbada, y con lo que había en la cocina podía apañarse.

–Vamos directos a casa, Gerry.

Él asintió y se sentó tras el volante sin añadir nada más.

A Chloe se le llenaron los ojos de lágrimas al darse cuenta de lo que acababa de decir: la casita de invitados no era su hogar, pero se le parecía más que cualquiera de los lugares en los que había vivido con su madre. Incluso el apartamento de Randwick estaba adornado según el gusto de Tony. Seguro que había insistido en quedárselo como parte de su acuerdo de divorcio. No le importaba. En los próximos dos meses, ella encontraría un lugar y lo amueblaría a su gusto.

Le estaba costando contener las lágrimas. El pecho iba a estallarle de tristeza. Max le había permitido distanciarse de su madre, y al encontrársela cara a cara se sentía física y mentalmente exhausta por el esfuerzo de hacerle frente, de mantenerse en su lugar. Al final, había salido huyendo de la confrontación con la ayuda del guardaespaldas que Max había tenido el acierto de contratar. ¿Cómo se las habría apañado si no?

No estaba segura. El viejo sentimiento de impotencia había vuelto a aflorar, aunque se había resistido a ello con todas sus fuerzas. No era fácil liberarse de una vida entera de dominación, siempre haciendo lo que le decían y si no lo hacía, recibiendo maltrato, con lo cual accedía porque no podía soportar la ira de su madre. Necesitaba el refugio que Max le había brindado, y tiempo para hacerse fuerte y seguir su camino. Pero ¿estaría en lo cierto su madre? ¿Tendría Max algún motivo personal, además del profesional, para ayudarla? ¿Era tan crédula? ¿Cuál era la verdad?

Rompió a llorar. Conforme llegaban a la mansión, se enjugó las lágrimas e intentó recuperar la compostura. Cuando Gerry le abrió la puerta, mantuvo la cabeza gacha.

—Gracias —balbuceó—. Te veré por la mañana, Gerry.

—Buenas noches, señorita Rollins —respondió él.

—Buenas noches —murmuró, y se apresuró a la casa de invitados, necesitando que su ambiente acogedor le ayudara a olvidar el horrible encuentro con su madre.

Max apretó la mandíbula según escuchaba el informe de Gerry Anderson. Stephanie Rollins iba a insistir como fuera para recuperar la fuente de ingresos que suponía su hija. Era astuta: había sembrado dudas y temores en su mente para que no confiara en él. Era bueno que Chloe la hubiera desafiado, pero ¿a qué precio?

—La madre es detestable —comentó Gerry—. Yo diría que ha abusado física además de mentalmente de su hija. No acostumbro a pegar a las mujeres, pero a esta le daría un buen mamporro.

—Comparto tu reacción, pero ella te demandaría por asalto y manipularía la situación a su antojo —le advirtió Max.

–La señorita Rollins... –continuó el guardaespaldas, y sacudió la cabeza–. Algo en ella me enternece. Hizo bien en rescatarla de aquella mujer.

Él también había dudado de los motivos de su empleador. Lo examinó preguntándose si sería bueno para ella a largo plazo. Lo cual no era asunto suyo, así que no dijo nada. Pero sí se preocupaba por ella, por eso añadió:

–Ha llorado en el coche. No sé si usted podrá hacer algo al respecto...

–Puedo proporcionarle una distracción –dijo Max, con una sonrisa–. Quizá mañana tengas que cuidar a un perrito mientras la señorita Rollins tenga que acudir al set.

El guardaespaldas también sonrió.

–No hay problema, señor Hart. Tengo uno, siempre me han gustado.

Terminado el informe, se despidieron estrechándose las manos y el guardaespaldas salió de la biblioteca. Max regresó a su escritorio y se planteó qué quería con Chloe. No tenía dudas de que le había hecho un favor separándola de su madre. Pero a la larga, ¿él le haría bien?

Nunca se había planteado algo así en lo referente a las mujeres. Ellas siempre habían sabido lo que había, por lo que no se había sentido responsable de las decisiones que tomaran. Pero Chloe era diferente, tremendamente vulnerable. Debía tenerlo en cuenta o después le costaría mucho vivir consigo mismo.

Chloe se encogió al oír que llamaban a la puerta. Se había limpiado el rostro lloroso, se había dado un largo baño caliente, se había puesto su quimono de seda preferido y estaba acurrucada en el asiento de la ventana del salón, intentando aquietar su mente observando el tráfico del puerto. No quería ver a nadie, no quería pensar.

Volvieron a llamar. Cada vez con más insistencia.

Quienquiera que fuera sabía que estaba en casa y se preocuparía si no abría. Suspiró y se dirigió a la puerta. El rostro curtido por la intemperie de Eric estaba casi aplastado contra el cristal. Su preocupación dio paso al alivio cuando la vio acercarse.

Chloe sonrió compungida, indicando que no iba vestida para recibir a nadie. Aunque no le importaba hablar con aquel amable anciano que la había ayudado a instalarse allí. Tenía unos setenta años, era fibroso y sorprendentemente fuerte. Llevaba una cesta llena de bolsas, probablemente quería entregárselas.

Hasta que no llegó a la puerta, Chloe no vio que no estaba solo. Unos cuantos pasos tras él, se hallaba Max. Estaba de espaldas y con la cabeza ladeada, como estudiando el césped.

A Chloe se le aceleró el corazón, y en un acto reflejo, se llevó la mano al escote del quimono, asegurándose de que no se le veían los senos. Sus senos desnudos. Sintió cómo se le endurecían los pezones al tiempo que saltaba una alarma en su interior. Si su madre tenía razón respecto a que Max quería algo con ella, no podía permitir que la viera vestida solo con una bata. Podría interpretarlo como una invitación. Y él ya le afectaba lo suficiente solo con su presencia y su potente sexualidad.

Hizo un gesto a Eric de que esperara y se metió corriendo en el dormitorio. Se vistió y se cepilló el cabello. No se maquilló, no pretendía resultar atractiva. Respiró hondo varias veces para tranquilizarse y regresó a la puerta. La abrió con decisión.

–Siento haberos hecho esperar.

–No se preocupe, señorita Chloe –dijo Eric, sonriendo ampliamente–. Le hemos traído un regalo de bienvenida.

Eric se hizo a un lado al tiempo que Max se giraba. Chloe ahogó un grito al ver al diminuto cachorro negro y blanco que acunaba en sus brazos.

–Es un fox terrier toy –explicó Max, sonriendo con indulgencia al cachorro que le lamía la mano–. Estaba en la tienda de mascotas y sus ojos decían que necesita alguien que lo quiera.

Elevó la vista, y Chloe sintió que le tocaba el corazón con la mirada.

–Me he acordado de ti, ayer dijiste que querías algo real en tu vida...

–¿Lo has comprado para mí? –preguntó, con una mezcla de ilusión y vergüenza por dejar que su madre envenenara sus pensamientos sobre ese hombre, ese caballero andante que le daba todo lo que necesitaba... Qué importaba si tenía un lado oscuro.

–¿Lo quieres?

–Claro...

Extendió los brazos entusiasmada, y enseguida recibió al adorable cachorro.

–Nunca había podido tener una mascota. Lo querré con toda mi alma, Max. ¡Muchísimas gracias!

Abrazó al perrito contra sí y se rio al sentir que le lamía el cuello.

–Todo lo que necesita está aquí –señaló Eric–: cesta,

comida, cuencos para comida y agua, collar, correa, champú... ¿Entro y se lo enseño?

–Por favor.

Se hizo a un lado, esperando que Max también entrara, pero no fue así: se quedó en la puerta unos instantes, contemplando cómo achuchaba al cachorro. Era tal su magnetismo que se le aceleró el pulso aún más. Y cuando él le sonrió, creyó que se mareaba.

–Verte tan alegre es mi recompensa –dijo él con suavidad–. Te dejo para que lo disfrutes, Chloe.

Se marchó antes de que ella consiguiera recuperar el aliento para darle las gracias.

Miró al cachorro a los ojos y sintió la misma necesidad de quererlo que había comentado Max.

–Aquí está tu hogar, conmigo.

Y al crear aquel dulce lazo con el perrito, sintió una oleada de amor hacia el hombre que le había dado tanto sin exigir a cambio más que cumpliera su contrato con él lo mejor posible.

Capítulo 7

EL RESTO de la semana transcurrió sin ningún incidente desagradable. Chloe tenía cierto temor a ir a la compra, pero se obligó a ello, o significaría que su madre seguía dominando su vida. Compró sus víveres preferidos y los guardó felizmente en la casa de invitados cada noche, dichosa en compañía de su amado cachorro. No tuvo señales de Max, y eso le hizo sentirse más cómoda con la situación, ya que indicaba que su madre estaba equivocada respecto a por qué la protegía.

El sábado hizo un día glorioso, tentándola a salir al aire libre en cuanto hubo hecho la colada y limpiado la casa. Disfrutó enormemente sacando al perrito a pasear por la terraza inferior. Lo olía todo, ladró al encontrar una rana y en general, deambuló gozoso por todos lados.

Chloe se rio con sus payasadas y acabó revolcándose en el césped con él, para alegría del animal.

Así fue como los encontró Max en su camino al embarcadero.

—¡Hola! —saludó, y vio que ella se erguía sobresaltada—. No te levantes. Da gusto verte tan relajada, y yo me voy enseguida. Hace una mañana tan perfecta que he pensado en dar una vuelta en catamarán.

Vestía pantalones cortos y camiseta, y de nuevo Chloe se quedó impresionada con su fabuloso físico.

Él se agachó y extendió las manos, y el cachorro se acercó a olerlo.

–Hola, pequeño –saludó y, mientras el perrito le lamía una mano, con la otra le rascó detrás de las orejas–. ¿Qué nombre le has puesto?

–Luther.

–Es un nombre serio para un animal tan juguetón –comentó él, enarcando una ceja.

–Tiene dignidad. Siempre va a ser pequeño, pero cree que tiene dignidad, y yo se la estoy reconociendo.

–¡Cierto! –dijo Max, sonriendo ante la idea–. Eso es importante.

–Además, me recuerda a Martin Luther King.

Max enarcó ambas cejas y Chloe sonrió a su vez.

–Es blanco y negro, y Martin Luther King luchó por la abolición de la segregación racial, quería unir a blancos y negros.

–Está claro que has dedicado mucho tiempo a elegir el nombre.

–Un nombre se lo merece. Luego cargas con él toda tu vida –explicó, e hizo una mueca de disgusto–. Yo siempre he odiado el mío.

Él pareció desconcertado.

–¿Por qué?

Chloe no quería decirle que era por cómo lo pronunciaba su madre cuando se enfadaba.

–No me gusta, solo eso.

–Podrías cambiártelo.

Ella se encogió de hombros.

–Demasiado tarde. Ahora es mi nombre artístico.

–Nunca es demasiado tarde para cambiar –aseguró

él muy serio, acercándosele, seguido por Luther–. ¿Qué nombre preferirías para ti?

–María –contestó. Era suave y le encantaba cómo sonaba–. Desde que vi el musical *West Side Story*, lo quise para mí, aunque supongo que no quedaría muy bien con Rollins. No es tan distintivo como Chloe.

–María... –repitió él, en un susurro.

–Y terminé casándome con un Tony –añadió ella, con ironía–. Eso demuestra cómo los sueños pueden llevarte por el mal camino.

–Ya has despertado de ese sueño, y Luther se entregará a ti más de lo que hizo tu esposo –dijo, y volvió a agacharse para acariciar al animal–. ¿Verdad, pequeño?

Tenía razón en eso. La entrega de Tony no había sido real. Pero eso formaba parte de su pasado, no tenía sentido seguir dándole vueltas. Si volvía a casarse, se aseguraría de que fuera con un hombre acaudalado, como...

Clavó la mirada en Max, que se había tumbado boca arriba en el césped, fingiendo entre risas que Luther lo había noqueado. El cachorro saltó sobre su pecho y empezó a lamerle la barbilla como un loco.

–¡Sálvame, llámalo! –rogó él.

–¡Luther, ven aquí! –ordenó ella con firmeza, y el perrito se le acercó corriendo y agitando el rabo.

Se lo colocó en el regazo y miró divertida a Max, que se tumbó de lado y se apoyó en un codo.

–No creo que necesitaras ser rescatado de un fox terrier toy.

–Estaba probando a qué sabía, podría haberme engullido –dijo él en tono de broma.

Ella se rio y, al verlo sonreír, tan cerca, se le dispararon las hormonas femeninas. Era tan atractivo que por un loco instante envidió tremendamente la relación íntima entre Shannah Lian y él, y deseó tenerlo como amante. Su mente cortó al instante esos pensamientos fuera de lugar y buscó algo para distraerse.

–¿De niño tuviste perro, Max?

Él hizo una mueca y negó con la cabeza.

–En las circunstancias en las que vivía entonces... no habría sido justo para un perro.

Ni para él tampoco, pensó Chloe. Una madre drogadicta no le habría proporcionado una vida estable.

–Durante un tiempo, tuve un empleo los domingos por la mañana –comenzó él, rememorando–. Llevaba una carretilla con periódicos por el barrio y silbaba para que la gente saliera a comprarlos. Sus perros siempre salían, y me hice su amigo. Me seguían calle abajo hasta que sus dueños los llamaban. Siempre me gustó ese trabajo.

–Has recorrido un largo camino desde entonces –murmuró ella.

–Sí. Y sigo moviéndome demasiado como para tener un perro.

«O una esposa», pensó ella. ¿Aquellos años de niñez con su madre le habían enseñado a no crear lazos con nadie ni nada, a contar solo consigo mismo? Sin embargo, aquella finca lo había conquistado.

–Ahora tienes un hogar –señaló.

–Un hogar al que regresar. Viajo mucho, Chloe.

–¿Alguna vez te has hartado de viajar? –preguntó ella, curiosa.

–Los vuelos pueden ser tediosos. Australia está muy lejos de cualquier parte. Pero me gusta que el mundo sea mi terreno de negocios, no estar limitado.

Chloe suspiró.

–Haces que me dé cuenta de lo limitado que ha

sido mi mundo. Ni siquiera he salido de este país. Mi madre siempre tenía trabajo esperándome, casi nunca un respiro.

—Eso también puedes cambiarlo.

Cierto, podía hacerlo. La libertad era algo poderoso, si aprendía a usarla sabiamente.

—¿Alguna vez has navegado, Chloe?

—No.

—Entonces, sal en catamarán conmigo —la invitó él, desafiándola a probar algo nuevo—. Solo estaremos fuera una o dos horas, y Eric cuidará de Luther.

Max la observó dudar entre la tentación y la cautela. Ella quería aceptar, pero su madre la había llenado de desconfianza. El perro aportaba seguridad a sus encuentros, la tranquilizaba, pero sin él...

Chloe giró la cabeza hacia el puerto. Elevó la barbilla ligeramente. Y, con determinación, lo miró de nuevo.

—Deberás indicarme qué hacer.

—No tienes que hacer nada, excepto sentarte o tumbarte en el puente y disfrutar de deslizarte sobre el agua —explicó él, sonriendo, y se levantó—. Mientras dejas a Luther con Eric, prepararé el catamarán.

—Seré tan rápida como pueda —aseguró ella.

—No hay prisa. Lleva un sombrero y ponte protección para el sol.

—De acuerdo.

Max sintió una oleada de satisfacción conforme se dirigía al embarcadero. Stephanie Rollins estaba perdiendo la influencia sobre su hija rápidamente. Él quería que se sintiera libre, que eligiera por sí misma... y acababa de elegir estar con él.

Una vez en el agua, Max se encontró con que ganar tenía sus inconvenientes. Tuvo el placer de verla disfrutar de la velocidad sobre el agua, de oírla reír cuando las olas los mojaban. A ella no le importaba su aspecto, estaba gozando con navegar. Se le disparó su deseo por ella hasta el punto de la incomodidad física.

Varias veces tuvo que ocultarse de cintura para abajo y concentrarse en llevar el barco, hasta que la tensión de su ingle desapareciera. Sus shorts anchos lo disimulaban un poco, pero al mojarse ya no tanto. Y tampoco ayudaba que la ropa mojada de Chloe moldeara cada una de sus deliciosas curvas.

No recordaba haberse excitado tanto con ninguna mujer. Quería limpiarle la sal del rostro con la lengua, saborear su risa, desvestirla, hundir el rostro entre sus senos, succionarle los pezones endurecidos, penetrarla tan profundamente que no importara nada más...

Sabía que ella no era inmune a esa atracción sexual: había advertido su respiración acelerada, y cómo desviaba la mirada o recogía las piernas. La pregunta era: ¿lucharía contra ese deseo, o lo aceptaría?

Era un asunto delicado. Si él se precipitaba, tal vez perdiera su confianza. Contenerse era difícil, pero necesario. «Al menos, otra semana», se dijo a sí mismo. Debía seguir construyendo la química entre ambos, rompiendo las barreras mentales de Chloe, haciéndole tentadoras proposiciones a las cuales no podría resistirse.

–¿Te has divertido? –preguntó cuando regresaron a puerto, mientras la ayudaba a bajar.

Ella lo miró resplandeciente.

–Ha sido increíble, Max. Muchísimas gracias.

Él sonrió.

–Esto de navegar da mucha hambre. ¿Quieres comer conmigo junto a la piscina, después de que te hayas aseado?

Vio que ella dudaba de nuevo. Añadió en tono de broma:

—Le daremos delicias a Luther por debajo de la mesa.

Incluir al perro la convenció. Chloe se rio.

—Le encanta el pollo.

—Le pediré a Elaine que nos haga unas ensaladas César.

—Buena idea. Vas a tener dos buenos invitados.

—Encantado de tener compañía.

Chloe se dijo que era una estupidez negarse el placer de estar un rato con él. Era un hombre fascinante. Su poderosa masculinidad afectaría a cualquier mujer, no era algo solo hacia ella. Debía aprender a no hacer caso de eso y concentrarse en la conversación. Tenía la oportunidad de conocerlo mejor y quería saber cómo se había convertido en el hombre que era.

La decisión de comer juntos fue un acierto. La comida era deliciosa. Max estaba totalmente relajado, disfrutando de Luther y su apetito por el pollo. Ella se había puesto un *sarong* sobre el bañador para poder estar más relajada en su presencia. Agradeció que Max llevara la toalla sujeta a la cintura, así ella no estaría tan pendiente de su maravilloso cuerpo.

Luther se acurrucó en una de las tumbonas y se quedó dormido, mientras ellos terminaban la botella de vino. Chloe reunió coraje para investigar el pasado de Max, aceptando de antemano que él se negara; tenía derecho a su privacidad.

–Max, sé que tu madre murió por una sobredosis cuando tenías dieciséis años. Tu adolescencia debió de ser mucho peor que la mía –comenzó, rogando que tuviera paciencia cuando vio la expresión cerrada de él–. Solo quiero saber cómo lo superaste.

Él apartó la mirada y entrecerró los ojos. Durante unos tensos minutos, se planteó si contestar o no, recordando el pasado y sopesando si estaba preparado para explicarlo.

–Cuando no tienes nada, tampoco puedes perder nada. Sigues hacia delante porque no hay alternativa –dijo, y la miró intensamente–. Tu camino es más duro, Chloe: sabes que tienes alguien junto a quien regresar si las cosas se ponen difíciles. Eso tal vez debilite tu decisión de continuar.

–Nunca regresaré junto a mi madre –aseguró ella con vehemencia.

Era débil por no haberse independizado antes. La sensación de estar atrapada en un círculo de exigencias, sin poder evitarlo, había desaparecido gracias a Max.

–Espero que no –dijo él con una sonrisa–. Hoy te he visto una vitalidad que había desaparecido en tu vida diaria, no cuando actúas.

Él le hacía sentirse más viva que nunca. Aquello no era fingido, no era un escape de la realidad. Se sentía muy presente, en aquel momento y en aquel lugar.

–¿De pequeño soñabas despierto, Max?

¿Escaparía así de la realidad?, se preguntó ella, en silencio.

–No. Veía la televisión, toda la que podía. No tenía hora para irme a dormir, y la tele me hacía olvidar toda la locura de mi madre. Me sentaba delante y estudiaba por qué un programa resultaba más atractivo que otro: ¿por el guion, el reparto, la realización...? ¿Qué podía hacer para mejorarlo?

Le brillaba la mirada de satisfacción al haber sabido transformar una situación mala en algo positivo.

—Fue la mejor preparación para lo que hago ahora: juzgar lo que gustará o no a la audiencia, consiguiendo el reparto más adecuado y el mejor equipo para lograr un producto más atractivo.

—Pero no empezaste en televisión —apuntó ella, desconcertada.

—No quería ser el chico de los recados de un estudio de televisión, que era lo máximo a lo que podía aspirar en esa industria a los dieciséis años.

—Podrías haber sido actor en una serie si hubieras querido.

Sin duda, poseía ese «algo» especial muy apreciado en televisión.

—No quería ser actor. Quería dirigir la serie, tener el control.

«Dueño de su destino», pensó Chloe. ¿El deseo de controlar era innato en él, o una reacción a la vida tan descontrolada de su madre? Ella también había vivido dominada, y como cualquier rebelión suya era sofocada violentamente, había perdido el ánimo de intentar controlar nada. Hasta que Max había aparecido. Decidió que, cuando se marchara de su finca, sería dueña de su propio destino.

—Trabajar en una editorial fue un paso más —continuó él—. Las funciones eran las mismas: vender historias, apelando a lo que la gente quería, tanto en ficción como en no ficción. Me convertí en Jefe de Marketing a los dieciocho años. Eso me abrió las puertas para llegar donde quería.

Chloe desconocía su edad exacta, más de treinta y cinco. Era impresionante que hubiera evolucionado de no tener nada a ser un magnate de la televisión.

–La satisfacción debe de ser enorme al haber conseguido la riqueza y el poder de elegir qué programas quieres producir y hacerlos a tu manera –comentó ella con admiración–. Por ejemplo, me conseguiste como protagonista para tu serie. No te importaron las negociaciones de mi madre sobre el contrato.

Vio que él sonreía, y la expresión de sus ojos le aceleró el pulso.

–Te quería a ti –dijo él.

En la superficie, era un comentario profesional, pero Chloe no lo sintió así. Bajó la mirada y ocultó su confusión apurando su copa casi vacía. ¿Estaba oyendo y viendo lo que deseaba ver y oír? Max tenía un romance con otra mujer, una belleza seguramente tan llena de confianza como él. ¿Cómo iba un hombre así a fijarse en alguien como ella?

Además, no debía emocionarse con la idea de que su atracción hacia él era correspondida. Se acercaba demasiado a la desagradable interpretación de su madre. Aunque Max ni se le había insinuado. Solo estaban hablando. Debería concentrarse en eso en lugar de pensar tanto.

–De pequeño, ¿cuál era tu serie favorita? –inquirió, obligándose a mostrar curiosidad.

–*M.A.S.H.* –respondió él sin dudarlo–. El guion era brillante, el reparto equilibrado, las interpretaciones soberbias, y lograba hacerte reír, llorar, y sentir todas las emociones intermedias. Me apasionaba esa serie.

Chloe podía sentir la pasión en su voz. ¿Habría sentido alguna vez lo mismo hacia una mujer?

–¿A ti también te gustaba? –preguntó él.

Ella se obligó a volver a la conversación. Negó con la cabeza.

–No la conozco. Mi madre controlaba también lo que veía en la televisión.

Él hizo una mueca y la miró pensativo.

–¿Te gustaría verla? Tengo toda la colección en mi biblioteca. Puedo dejarte la primera temporada y, si te gusta...

–Sí, por favor –dijo ella ilusionada, viendo además una oportunidad de dejar de pensar en él–. ¿Podemos ir ahora a por ella? Entre la actividad de esta mañana y el vino de la comida, me ha entrado sueño y quiero echarme una siesta. Pero me encantará verla cuando me despierte.

Él asintió, se puso en pie, y Chloe tomó a Luther, aún dormido, en brazos. En diez minutos llegaron a la biblioteca. Era enorme, y los discos con películas y series de televisión superaban a los libros, que también eran numerosos. Max se acercó a donde estaba *M.A.S.H.*, le entregó la primera temporada y la invitó a cambiarla por la siguiente cuando quisiera. Chloe le dio las gracias y se marchó rápidamente.

Estaba agotada, se durmió enseguida.

Los insistentes ladridos de Luther la despertaron. Buscó al perrito para acurrucarlo junto a ella y que se tranquilizara, pero los ladridos llegaban desde el salón.

Preguntándose qué ponía tan nervioso al cachorro, se levantó de la cama, se cubrió con el quimono y salió del dormitorio.

Se detuvo en seco.

A través del cristal de la puerta, un rostro que no deseaba volver a ver estaba escudriñando la casa. ¡El aprovechado de Tony Lipton!

Capítulo 8

MIENTRAS Chloe lo miraba sin dar crédito, Tony la vio, sonrió triunfal y giró el picaporte. Ella se dio cuenta de que no había echado el cerrojo. Se le había olvidado, de tanto pensar en Max y además porque allí se sentía a salvo.

La puerta se abrió y él entró antes de que pudiera impedirlo.

–Estaba preguntándome si no me habría equivocado de sitio, con ese maldito perro –dijo él, fulminando a Luther con la mirada, que seguía ladrando y se abalanzó contra sus piernas para echarlo.

«Buen perro», pensó ella, deseando tener suficiente fuerza física para poder expulsar a su desagradable marido.

–No tienes derecho a estar aquí, Tony.

Él la miró furioso.

–Aún eres mi esposa, y Max-millones Hart no tiene derecho a entrometerse entre nosotros.

–No te importó que Laura Farrell se entrometiera.

–Eso no fue nada –dijo él, restándole importancia.

–Yo no diría que un bebé no sea nada.

Él cambió de estrategia, intentando parecer arrepentido.

–Si quisieras escucharme...

–No quiero oír más mentiras de ti. Por eso acepté

la oferta de venir a esta casa. Lo que me gustaría saber es cómo has logrado llegar hasta aquí.

–He venido en lancha, me he colado por debajo del cobertizo del embarcadero para que no saltara ninguna alarma y he trepado por el rompeolas, burlando su maldita seguridad.

–Entonces será mejor que te vayas de la misma manera, o llamaré a la mansión y te acusarán de allanamiento de morada.

–No vas a llamar a nadie, Chloe –aseguró él, impidiéndole el acceso al teléfono, que debía de haber visto desde la puerta–. Solo quiero hablar contigo. Dados los años que llevamos juntos, creo que me merezco la oportunidad de...

–¡No! –le interrumpió ella, decidida a que no la persuadiera–. Nuestro matrimonio ha terminado, Tony. No voy a cambiar de opinión digas lo que digas.

–Sé que estás disgustada, y tienes razones para estarlo, pero... –resopló y miró enfadado a Luther, que había dejado de ladrar para morderle una pernera del pantalón e intentaba arrastrarlo hacia la puerta–. ¿Puedes decirle a este condenado animal que me suelte? Está arruinándome los pantalones.

–No me gusta que hables así de mi perro. Solo está protegiéndome de un intruso lo mejor que puede. Me dan igual tus pantalones –dijo ella, cruzándose de brazos–. Será mejor que te vayas, Tony.

–¿Tu perro? ¿Desde cuándo tienes perro?

–Desde que me separé de gente que no quería que tuviera una mascota.

–No es práctico para ti tener una –replicó él.

–Tampoco era práctico que tuviera un bebé.

Él comprendió que solo podría acceder a ella apaciguándola, dada su infidelidad probada. Dio un paso atrás y esbozó una de sus mejores sonrisas.

–De acuerdo... No tengo problema si quieres conservar el perro. Nos haremos amigos. ¿Cómo se llama?

–No necesitas saber su nombre. No vas a ser parte de su vida.

Tony ignoró esas palabras, se agachó con expresión indulgente y se dispuso a acariciar a Luther.

–Hola, pequeño guardián –dijo–. Estás haciendo un buen trabajo, pero te equivocas de hombre. Yo soy amigo.

Luther no se lo creyó y hundió los colmillos en su muñeca.

–¡Maldita sea, me ha mordido! –gritó Tony iracundo.

«Te lo mereces», pensó Chloe con satisfacción. Al perro no había logrado engañarlo, como sí había hecho con ella; aunque hacía tiempo que había abierto los ojos. No volvería a creerlo ni a hacer nada por él nunca más.

De pronto, empezó a gritar al ver que él agarraba al cachorro, lo echaba de la casa, y cerraba la puerta. Chloe se abalanzó sobre él, golpeándole el pecho con los puños.

–¿Cómo te atreves a tratar a Luther así, animal? –exclamó ella–. ¡Fuera de mi vida!

–¡Has perdido el juicio, Chloe! –replicó él con ferocidad, agarrándola de las muñecas–. ¡Tranquilízate! Lo único que quiero es una conversación civilizada sin que un perro nos distraiga, y eso es lo que vamos a tener.

–¡Suéltame! –gritó ella, forcejeando.

Él la condujo al sofá y la obligó a sentarse.

–¡Siéntate y calla! –le ordenó, fulminándola con la mirada.

Chloe obedeció, temiendo que, si no lo hacía, él se

pusiera más violento. Se quedó rígida y muda, mientras lo veía acercar una mecedora y sentarse frente a ella.

Estaba aterrorizada, pero se negó a que se le notara. Volvía a sentirse atrapada, y lo único en que pensaba era en lo mucho que necesitaba que la rescataran.

Luther ladraba como un loco fuera. ¿Estaría Eric trabajando aún en alguna parte del jardín? ¿Oiría al perro y se alarmaría?

Aunque quien quería que acudiera era Max, su caballero andante, que se había interpuesto entre ella y sus dragones, manteniéndolos alejados.

Max decidió que la única manera de librarse de aquella constante frustración respecto a Chloe era haciendo ejercicio, y nadó veinte largos en la piscina sin descanso. Tal vez así también se aplacara su deseo largo tiempo contenido, del cual ella no había querido saber nada. No podía olvidar su reacción cuando se lo había mostrado: cómo había bajado la mirada y se había apresurado a beber de su copa, ponderando la primera oportunidad de separarse de él.

Ella no estaba preparada, y él no estaba acostumbrado a esperar. Habitualmente, las mujeres que le atraían estaban deseando acostarse con él. Pero aquella situación no era habitual. La conexión con Chloe estaba ahí, pero ella tenía asuntos emocionales pendientes que estaban haciéndole ignorar la química sexual que había entre ellos, así como disimular que él le gustaba.

¿Le asustaba eso? ¿Le parecía demasiado pronto, después del engaño de su marido, sentir algo hacia otro hombre?

A él le daba igual el escándalo que pudiera suponer

una aventura entre ambos, pero a Chloe podía preocuparle. Seguro que ella sabía que la cuidaría, y en el aspecto práctico había muchas ventajas en estar con él. No dañaría su carrera, eso desde luego. Él podría encontrarle los mejores personajes, llevarla a lugares donde nunca había estado, mostrarle el mundo y mostrarla a ella al mundo.

Desgraciadamente, sospechaba que ella no ambicionaba las cosas materiales, lo cual la diferenciaba de las mujeres con las que él solía tratar. Lo había advertido desde el principio, y le había atraído. Ella había sido utilizada, y había sufrido tanto que nunca había usado a nadie para solucionar sus problemas. Él no podía cambiar sus sentimientos a ese respecto, ni deseaba hacerlo. La quería simplemente a ella.

Demasiado, y demasiado pronto.

Se dirigió a la piscina. Hacía calor. Tal vez Chloe se animara a darse un baño después de su siesta. La deseaba tanto que incluso un limitado encuentro con ella era mejor que nada.

En cuanto salió al patio, oyó a Luther ladrando furioso. Algo no iba bien. Echó a correr hacia la siguiente terraza. Había sido un verano con muchas serpientes, normalmente inofensivas, pero podría haber cualquiera. Los terriers eran conocidos por perseguir serpientes.

¿Por qué ella no lo llamaba? Seguro que no lo había dejado fuera a solas, siendo aún un cachorro. Pero no se la oía. Aquello no tenía buena pinta. La adrenalina se le disparó al divisar la casa de invitados. No había ni rastro de Chloe. Luther estaba encaramado a la puerta, tan frenético que no advirtió su llegada. ¿Se habría desmayado su estrella?

Accionó el picaporte, no estaba cerrado. Lo giró, y Luther y él irrumpieron en el salón. El perro fue directo a por el hombre que se hallaba en el interior. Chloe estaba acurrucada en una esquina del sofá, y su rostro se iluminó de alivio al verlo.

El hombre se giró, furioso, y al ver a Max lo miró desafiante.

¡Era Tony Lipton!

Aprovechando la distracción de su marido, Chloe se levantó del sofá y se lanzó en brazos de Max, quien encantado la abrazó protector, tan fuertemente que podía sentir su respiración acelerada. Le acarició el cabello con la mejilla y fulminó a Tony Lipton con la mirada, odiándolo por haber tenido una relación íntima con ella y no haberla valorado ni cuidado.

–¿Cómo has entrado aquí?

–En bote, Max –explicó Chloe, acelerada–. Ha echado a Luther fuera, y me ha obligado a sentarme y escucharle. He intentado que se marchara, pero...

–¿Te ha obligado? –repitió él, con unas poderosas ganas de noquear a aquel hombre, que lo miró atemorizado.

–¡Por favor! Está haciendo un drama de nada. Solo quería hablar con ella –se defendió Tony–. Tengo derecho a ello, soy su marido.

–Nadie tiene derecho a abusar de otro –le espetó Max desdeñosamente, conteniendo la violencia que le provocaba aquella situación.

El control era la base de su exitosa vida: lo adquiría y no lo soltaba nunca más. Ese «algo» especial de Chloe estaba afectándole, despertándole sentimientos que nunca había experimentado: celos, odio, violencia. Se recompuso con severidad, y habló con férreo control.

–Esta es mi propiedad, y Chloe mi invitada. Ella quiere que te vayas, y no voy a ignorar su deseo.

–Yo diría que es mucho más que una invitada, por lo que se ve –replicó el otro hombre.

De pronto, Max supo que estaba intentando provocarlo para que se peleara con él, para luego acusarlo de asalto, y fabricar otra historia sensacionalista sacando las cosas de contexto. Pues no iba a complacerlo. No se rebajaría a golpearlo.

–Fuera de aquí, Tony. Márchate mientras estemos bien. No podrás evitar que llame a la policía y logre que te acusen de allanamiento de morada. Y si continúas persiguiendo a Chloe, obtendré una orden de alejamiento para que, legalmente, no puedas acercarte a ella. Tu nombre quedaría por los suelos.

Tony apretó los puños. Odiaba el poder de aquel hombre.

–Chloe es mi esposa –dijo, como si eso exonerara su comportamiento.

–Nuestro matrimonio está terminado, ya te lo dije –aseguró Chloe–. Nunca regresaré contigo. ¡Nunca!

–Porque él te ha llenado la cabeza con otras opciones –contestó Tony a gritos–. Eres una tonta por confiar en él. Cuando haya obtenido lo que quiere, te dejará igual que al resto de sus mujeres.

–¡No me importa! –replicó ella–. Me da lo que necesito. Aunque solo sea una historia corta, prefiero estar con él que contigo.

A Max le invadió la euforia: ella acababa de elegir. Y él era el vencedor. Lo único que tenía que hacer era librarse de aquel marido pesado.

–Ríndete, Tony. Aquí no tienes nada que hacer. Márchate o llamaré a la policía –le aconsejó fríamente.

Luther gruñó, apoyándolo. Tony lo fulminó con la mirada.

–¡Maldito perro!

El animal se abalanzó sobre él para morderlo. De una patada, Tony lo mando al otro extremo de la habitación. Chloe gritó y corrió a comprobar cómo estaba el cachorro.

Entre el grito de Chloe y la crueldad hacia el animalito, Max perdió el control. Dio un paso y asestó un gancho a Tony Lipton en la mandíbula. Verlo despatarrado en el suelo, violentando la casa que debería haber sido un refugio seguro, fue demasiado para él. Lo agarró del cuello de la camisa y lo sacó de allí en volandas, antes de regresar rápidamente a ver cómo estaba Luther. Afortunadamente, no había sido nada grave.

–Lo examinaré atentamente en cuanto deje a Tony en su bote.

–No seas demasiado suave –dijo ella con vehemencia.

Lleno de júbilo por aquella confirmación de que ella no quería nada con Tony Lipton, Max regresó junto al hombre, que acababa de ponerse a gatas y sacudía la cabeza mareado. Tal vez no había sido una reacción acertada, pero no lograba arrepentirse. Y además no había dañado su imagen ante Chloe.

Lo agarró del cuello de la camisa de nuevo y del cinturón, lo levantó y lo llevó hacia el embarcadero.

–¡Suéltame! –exigió él, forcejeando.

–Has empleado la fuerza con Chloe y con el perro. Prueba un poco tú ahora.

–¡Te acusaré de romperme la mandíbula!

–No hay testigos –se burló Max–. Chloe no testificará a tu favor.

Llegaron al pie de las escaleras y Tony intentó soltarse.

–¡Ya me voy! Quítame las manos de encima.

–De acuerdo. Pero haz alguna estupidez y te lanzo escaleras abajo.

Max lo siguió para asegurarse de que realmente abandonaba la propiedad. Tony Lipton no regresaría en una temporada. De todas formas, reforzaría la seguridad en aquella parte. Había fallado a Chloe en eso. Si no se sentía segura en la casa de invitados, ¿querría mudarse a la mansión con él?

«Cada cosa a su tiempo», se dijo. Tenía que regresar junto a ella y aprovechar todo lo bueno que sintiera hacia él a raíz de aquello.

Mientras se dirigía a la casita, se dio cuenta de que estaría rompiendo sus propias reglas si invitaba a Chloe a compartir su casa. Nunca había cohabitado con ninguna de las muchas mujeres que habían pasado por su vida, evitando cualquier posibilidad de una relación más estable que pudiera terminar exigiéndole el pago de una cantidad al concluir. Él no quería una esposa y siempre lo había dejado muy claro.

Ese «algo» especial de Chloe estaba desdibujando todas las reglas por las que había convertido su vida en lo que era. Había actuado fuera de sí, debería estar consternado por su pérdida de control en lugar de saboreando la satisfacción que le había proporcionado. La vida con su madre había sido un caos que él detestaba. Orden, lógica, un acercamiento juicioso a todo... conformaban su red de seguridad. Tenía que moverse con cuidado en lo relativo a Chloe. Satisfacer su deseo por ella era una cosa; meterse en un compromiso, otra.

El único futuro en el que tenía que pensar era su tiempo junto a ella, e iba a sacarle el máximo partido.

Capítulo 9

LUTHER se acurrucó en el regazo de Chloe y se durmió, una reacción lógica después de tanto estrés. O eso esperaba ella. Lo acarició suavemente. Perrito valiente, que con sus ladridos había atraído a Max cuando ella más lo necesitaba.

Max, con su minúsculo bañador negro, como un dios griego desplegando todo su poder físico, su salvador una vez más. Se había recreado al abrazarse contra él, y le alegraba que hubiera golpeado a Tony y lo hubiera echado de allí. En una sociedad primitiva, querría que fuera su pareja. De hecho, compartiría felizmente caverna con él... en todos los sentidos.

Pero sus vidas no eran tan sencillas. La suya, en concreto, tenía numerosas complicaciones. No debería seguir confiando en que Max se lo arreglaría todo. Aparte de que, no debía olvidarlo, estaba con otra mujer. Aunque cada vez se sentía más conectada a él a muchos niveles, y quería que la deseara, sin importarle lo demás.

¿Era una tontería? No lo sabía, ni tuvo tiempo de averiguarlo. Max entró en la casita, llenándola con su presencia, y ella dejó de pensar con claridad. Era un hombre maravilloso, peligroso, tremendamente deseable, y quiso volver a abrazarlo y experimentar todo lo que él pudiera hacerle sentir.

¿Advirtió su deseo salvaje en sus ojos? Durante un momento de infarto, él se detuvo, sosteniéndole la mirada, inquiriendo con una intensidad que la dejó sin aliento. Luego, miró al perro en su regazo y se acercó, agachándose junto a él.

–Parece respirar con normalidad.

Chloe se relajó y logró articular palabra.

–Ha lloriqueado un rato, pero no he notado nada roto.

–¿Quieres que llame a un veterinario?

–Esperaré a que se despierte, a ver cómo está entonces.

–¿Dónde está su cesta?

–En la esquina, junto a la casa de muñecas, donde más le gusta.

–No te levantes, te la traigo yo

Luther apenas se movió cuando lo dejó en su cesta, solo abrió los ojos para comprobar que todo estaba en orden y volvió a cerrarlos. Max llevó la cesta a la esquina mientras Chloe se levantaba del suelo. Muy consciente de su desnudez bajo el quimono, se tapó modesta mientras él colocaba en su sitio la mecedora que había usado Tony y cerraba la puerta principal, revisando la habitación con la mirada por si algo más había cambiado.

–¿Te pone nerviosa quedarte aquí después de esto? –inquirió con preocupación.

–No. Estoy segura de que Tony no volverá –dijo, e hizo una mueca–. Ha sido culpa mía que entrara. Se me olvidó echar la llave antes de la siesta.

–No ha sido culpa tuya –le aseguró él–. Tony no tenía derecho a hacer lo que ha hecho.

–Lo sé, solo que... he sido descuidada, Max. Siento que tuvieras que venir en mi rescate de nuevo.

–La culpa no es tuya –insistió él, acercándose–.
Has sido víctima durante mucho tiempo, Chloe. Tienes que detener ese tipo de pensamientos y mirar con
claridad dónde estás y por qué.

Posó las manos en sus hombros y comenzó a ma-
sajear los tensos músculos. Su mirada era puro fuego.

–Has dicho que querías estar conmigo. ¿Es porque
te he salvado, o...?

Chloe no fue consciente de que elevaba las manos
hasta aquel torso desnudo. Era como si algo las atra-
jera, y no quería retirarlas de la calidez y fuerza de
aquella poderosa masculinidad. Quería continuar to-
cándolo, sintiéndolo, aunque por dentro estaba temblando ante su propio descaro. La mirada de él también estaba tentándola, pidiéndole una respuesta.
Sabía que él no la tomaría a menos que ella quisiera
entregarse, pero una parte suya quería que él comen-
zara, para así evitar responsabilidades.

Era la parte débil, la victimista.

Al darse cuenta, sintió una feroz determinación de
comunicar sus deseos.

–Gratitud no es lo único que siento por ti –dijo–.
Y no quiero que tú solo sientas ganas de protegerme.
Quiero...

No conseguía pronunciar en voz alta lo que más
ansiaba.

–¿Esto, Chloe? –murmuró él, con los ojos brillantes mientras le acariciaba el cuello y la mejilla con una
mano.

Ella tomó aliento, incapaz de hablar.

–¿Esto? –repitió él, inclinándose sobre su boca.

«Sí, sí», deseó ella en su interior.

Los labios de él rozaron los suyos, despertándole

un cosquilleo que aumentó conforme él los exploraba y saboreaba también con los dientes, la lengua... Un beso cautivador, Chloe quería más.

Acarició los hombros de Max, su cuello y hundió las manos en su cabello, agarrándolo por la nuca, animándolo a una mayor intimidad, despertando en ella necesidades que nunca habían sido cubiertas.

Un fuerte brazo la rodeó por la cintura y la estrechó contra aquel cuerpo perfecto y tan masculino: ella se recreó en el contacto de sus senos con aquel pecho, en la erección presionando su estómago, en el júbilo al saber que su deseo era correspondido.

Él profundizó el beso y sus lenguas se entrelazaron con tal pasión que se estremeció. Podría seguir así una eternidad.

Gimió cuando él se separó para tomar aire.

–Chloe... –le susurró al oído, provocando una explosión de sensaciones.

Ella comenzó a acariciarle la piel con los labios, a saborearla, a besarle el cuello, deseando encenderlo aún más. Él echó la cabeza hacia atrás con un gemido, tomó a Chloe en brazos y la llevó al dormitorio, jadeante.

La dejó de pie junto a la cama, le arrancó el cinturón del quimono y le descubrió los hombros, besando la piel desnuda, haciéndola estremecerse a medida que la recorría con su boca. Siguió bajándole el quimono, dejando un reguero ardiente hasta sus senos, y jugueteó con la lengua sobre los duros pezones, haciendo explotar una dulce ansiedad en su vientre.

Chloe apenas advirtió que la bata caía al suelo. Toda su atención estaba en lo que él le hacía sentir. Entonces, él la abrazó fuertemente, y fue subiendo por su espalda una mano hasta hundirla en su cabello.

Chloe elevó el rostro y él la besó con una pasión devoradora, haciéndola responder con igual deseo.

Ella lo abrazó fuertemente por la cintura y quiso desnudarlo. Metió las manos en la cintura de su bañador y descubrió sus glúteos duros. Tuvo que separarse de su boca para poder quitarle la última barrera que los separaba. Se agachó y se quedó boquiabierta ante tamaña erección, mucho más grande que la de Tony. Todo en él era diferente, potente, excitante.

Terminó de quitarle el bañador y él le urgió a ponerse en pie, pero ella quiso hacer lo que Tony siempre esperaba, aunque con Max deseaba hacerlo: acarició con la lengua la cabeza del pene, la rodeó con los labios, la introdujo lentamente en su boca, saboreando la suave piel.

–¡No! –gritó él, haciéndola levantarse, por más que la deseara.

Confusa por que rechazara aquella intimidad, Chloe balbuceó:

–Lo siento. Creí que te gustaría. A Tony...

–¡Yo no soy Tony! –le espetó él–. No quiero que solo intentes complacerme tú a mí, Chloe. Me excitas tanto que, si te dejo que sigas así... Claro que me gusta, pero antes quiero explorarte.

La apretó contra sí, la tumbó sobre la cama y se colocó sobre ella, mirándola ardientemente.

–Quiero recorrerte entera, saborearte, conocerte, observar tu rostro conforme alcanzamos juntos el orgasmo.

La euforia la invadió ante la intensidad de aquel deseo: la sintió en sus besos apasionados, en su excitación mientras le mordisqueaba los senos, en cómo le ardía la piel conforme él le recorría el cuerpo con la boca hasta llegar a su vientre, le separaba las piernas y acariciaba los pliegues de su sexo con la lengua, una exquisita tortura que apenas podía soportar pero que no quería que terminara.

Estaba tumbada con los puños apretados, intentando contenerse, a punto de derretirse. Tenía los ojos cerrados, totalmente concentrada en lo que estaba sucediéndole. Nunca había sentido algo tan increíble, tan agónicamente gozoso.

Sintió que iba a perder el control, la tensión era cada vez mayor. Temblando, hundió las manos en el cabello de él.

—Detente... por favor... Debes... Necesito que me penetres... ahora...

Que él la llenara antes de alcanzar el clímax... Que su fuerza vital diera sentido a todo...

Él le agarró las muñecas y las apretó contra la almohada.

—¡Mírame, Chloe! —ordenó.

Poseída de deseo, ella abrió los ojos e intentó enfocar su rostro, aquel hermoso y tenso rostro con mirada de fuego que le exigía algo, no sabía el qué. Su nombre se le escapó en un gemido.

—Max...

—Sí... —respondió él con satisfacción—. Abrázame con las piernas, Chloe. Tómame mientras te tomo yo.

Le soltó las manos y la ayudó a enroscarse. Ofrecerle activamente el otro abrazo más íntimo era una sensación maravillosa, sintió Chloe. Estaba deseando acogerlo hasta lo más profundo.

—Mantén los ojos abiertos —insistió él.

Ella lo miró, deseando que continuara, que se le entregara. Ahogó un grito al sentir aquel mástil introduciéndose lentamente entre sus húmedos pliegues. Notó sus contracciones de deseo, el corazón desbocado, el fuego en sus venas, su cuerpo temblando...

Él se introdujo un poco más. Chloe empezó a jadear. Se le nublaron la vista y el entendimiento. Él siguió ahondando, más profundo de lo que ella había experimentado nunca. Era tan delicioso sentirse tan llena... Echó la cabeza hacia atrás y se le escapó un grito, al tiempo que sentía una erupción de exquisito placer. Se sumió en un delicioso estado de paz y miró a Max maravillada.

Él sonrió y la besó largamente, aumentando las maravillosas sensaciones en las que flotaba.

–Gracias –susurró ella.

–Esto no ha terminado –replicó él, sonriente.

Comenzó a salir y entrar a ritmo suave, observándola y, para sorpresa de Chloe, volvió a llevarla de un éxtasis a otro, no tan explosivos como el primero, pero igual de gloriosos. El corazón le rebosó de amor hacia él y lo que estaba haciendo.

Observó aquel rostro conforme el ritmo se volvía más rápido, los envites más fuertes, la sonrisa se le tensaba ante la necesidad de liberación. De pronto, él echó la cabeza hacia atrás y gritó mientras, entre espasmos de placer, derramaba su esencia.

Jadeante, se dejó caer sobre ella, la abrazó y rodó hasta quedar de espaldas con ella encima. Chloe sintió mucha ternura y quiso corresponder a la felicidad que él le había proporcionado.

Maximilian Hart, el poderoso, implacable e intimidante magnate que siempre conseguía lo que deseaba, el número uno, había sacudido los cimientos de su mundo. Pero ¿qué quería de ella?

En aquel momento, no le importó. Le encantaba estar así con él.

E iba a disfrutarlo mientras durase.

Capítulo 10

MAX SE deleitó con las suaves caricias de ella, recreándose en cómo había respondido: la excitación recorriéndole el cuerpo, la expresión maravillada de su rostro, sus temblores de intenso placer. Estaba seguro de que ella nunca había experimentado algo tan extático, y habérselo proporcionado le llenaba de satisfacción. Su marido debía de ser un amante egoísta, igual que en el resto de su vida.

Le acarició el cabello, suave como el de un bebé. Lo cual le recordó la imprudencia de no haber usado preservativo. No tenía pensado hacerle el amor, pero cuando había visto el deseo en los elocuentes ojos de ella, no le había importado nada más, ni siquiera cuando había advertido que podría dejarla embarazada. Su brizna de sentido común se había visto sepultada por ideas locas de cuidar de ella y del bebé, casándose incluso... Lo que fuera para darle lo que ella, y él también, deseaban.

Pero no deseaba esa complicación. No sabía hasta dónde quería llegar con ella, pero el camino se hacía mejor en libertad, sin tener que pensar en la vida de un bebé inocente.

–Chloe... –comenzó con voz grave, y tragó saliva.

–¿Umm? –murmuró ella, relajada.

Era bueno que estuviera tranquila, pensó.

–No había planeado esto y no llevaba protección –dijo, preocupado.

–No pasa nada –lo tranquilizó ella, soñolienta.

–¿Estás segura? –insistió él.

–Tomo la píldora anticonceptiva, y como me quedaba la mitad del mes, había decidido continuar hasta terminar la prescripción médica –explicó ella–. Así que tranquilo.

Suspiró despreocupada.

–Sí, tranquilo –dijo él, sonriendo irónico ante su falta de cuidado.

Chloe no era la única experimentando una primera vez. Haber caído en la violencia física, seguido de su imprudente inmersión íntima... Nunca había perdido tanto el control que olvidara protegerse de consecuencias no deseadas. Se debía a los sentimientos que ella le despertaba. Una vez que estuvieran juntos, eso debería terminar.

Ella estaba jugueteando con su pene, fascinada con su tamaño y forma. Max sintió que se excitaba de nuevo.

–Estás jugando con fuego –advirtió.

–¡Bien! –se alegró ella, y sonrió traviesa–. Quiero verlo crecer.

Él se rio sorprendido por su comentario desinhibido.

–No puede ser un misterio para ti.

Ella ladeó la cabeza.

–No creo que las mujeres sean un misterio para ti, Max, pero querías mirarme. ¿Por qué no voy a querer mirarte yo?

Solo con ella había necesitado ver qué sentía. Con otras mujeres, había aceptado que ambos buscaban la satisfacción mutua, lo cual siempre sucedía. Las extraordinarias circunstancias habían dado importancia a aquello, se dijo. Y dada la fascinante habilidad de Chloe de reflejar emociones en sus ojos y en su hermoso rostro, ¿cómo no iba a querer verlo?

–Eres una mujer muy especial, Chloe –dijo muy serio–. No quiero fallarte en ningún aspecto.

Ella también se puso seria.

–No lo haces. Todo el tiempo, me das lo que necesito y deseo. Nunca fallas. Y es maravilloso...

Se detuvo y frunció el ceño levemente.

–¿Pero...?

–Es como si yo fuera pasiva en todo esto, y ya no quiero serlo.

Él sonrió de medio lado.

–Créeme, no has sido pasiva. No habría perdido tanto la cabeza si no hubieras respondido tan activamente.

–¿No sueles perder la cabeza? –inquirió ella con curiosidad.

–No.

–¿Significa eso que ha sido especialmente bueno para ti?

–Sí.

Chloe se sintió enormemente satisfecha, le brillaron los ojos de gozo, y sonrió ampliamente.

–Me alegro de no haberte fallado, me habría muerto de vergüenza. Lo cierto es que no me siento mal acerca de esto, aunque debería.

–¿Y por qué deberías?

Ella hizo una mueca.

–En cierta forma, acabo de actuar como Laura Farrell, aunque al menos tú no estás casado con Shannah Lian –dijo ella, preocupada–. ¿Te habías olvidado de ella, Max?

Era obvio que no quería sentirse al nivel de su marido. Y que comprendía la situación de Shannah.

–Shannah y yo ya no estamos juntos –la informó él–. Hemos quedado como amigos. No le has quitado nada, ni yo la he engañado.

La observó procesar la información. El alivio inicial dio paso a una revaluación de su situación con él. Se habían cumplido los pronósticos de su madre y su marido de que solo la protegía porque la deseaba, y no para preservar su serie de televisión.

Chloe interrumpió sus caricias y se separó de él. Se apoyó sobre un codo y estudió su rostro, llena de preguntas.

Aún había intimidad entre ellos, pensó Max. Ella no había agarrado su bata para taparse, no quería separarse tanto de él. Sin embargo, las próximas palabras que dijeran, serían críticas respecto hacia dónde irían a partir de entonces. No intentó abrazarla, respetó la distancia que ella había puesto. Tampoco se movió, pero por dentro sintió bullir la adrenalina de antes de la batalla.

Llegados a aquel punto, no iba a perder.

Chloe decidió que quería la verdad, fuera la que fuera. No había cotilleos acerca de la ruptura entre él y Shannah Lian, así que debía de ser algo muy reciente. Pero ¿cuándo? La despampanante pelirroja no lo había acompañado a la fiesta de lanzamiento de la serie. ¿Habrían roto ya?

Así lo esperaba. No quería que su madre ni Tony tuvieran razón acerca de Max. Había sido tan bueno con ella... y bueno para ella. Por otro lado, ya no soportaba vivir con mentiras. Le parecía que toda su vida había sido un gran engaño.

No había culpa en los ojos de Max, ni intento de evasión. Le sostenía la mirada con tranquilidad, esperando a que le contara lo que pensaba, por qué se había apartado de él. Por un instante, Chloe tuvo la incómoda idea de que esperaba, como un depredador, el momento oportuno de atacar.

En la fiesta, ella estaba en estado de shock, pero en aquel momento no, y no iba a ser débil, se dijo, permitiendo que él la arrastrara a una aventura que la distrajera de lo que realmente quería hacer.

Le surgió otra duda.

−¿Quién de los dos ha puesto fin a la relación?

−Yo.

No le sorprendió, él siempre tenía el control de su vida.

−¿Cuándo, Max?

−El día que llegaste aquí. Cené con ella esa noche, pero fui una compañía horrible. No podía dejar de pensar en ti.

Respiró aliviada. Eso sonaba razonable. Pero no negaba las acusaciones de su madre y Tony. Inspiró hondo.

−¿Todo lo que me has ayudado, lo has hecho porque me deseabas?

Él sonrió irónico.

−Chloe, dudo de que algún hombre no te desee, pero si lo que me preguntas es si mi motivación para protegerte ha sido la lujuria, la respuesta es no.

A ella le ardieron las mejillas. Había sido un temor ridículo. Él la había apartado de unas circunstancias desagradables porque no quería que la fiesta se convirtiera en un foco de cotilleos que no tenían que ver con la serie.

−Te dije la verdad −aseguró él−. Estaba protegiendo a la estrella de mi serie, mi prioridad era asegurarme su éxito. Me he dedicado a controlar los daños. Y debo decir que ha sido muy divertido.

«Le gusta vencer, no es un asunto personal conmigo», pensó ella, hasta que le oyó decir:

–Siempre me has gustado, Chloe. Detestaba la manera en que tu madre te trataba, y cómo se aprovechaba tu marido de ti. Pero no era asunto mío, hasta que me diste permiso para liberarte de ambos. Fue entonces cuando empecé a pensar: «se queda libre, puede estar conmigo».

Esa frase fue una enorme sorpresa. Chloe no sabía cómo tomársela. Max se incorporó de medio lado, la miró intensamente y le acarició la mejilla con una mano.

–Yo quería esto, Chloe. Cuanto antes. Hice todo lo posible para que sucediera, para que estuvieras conmigo –confesó, sin muestras de lamentarlo–. Pero solo podía suceder si tú también lo querías. Si elegías estar conmigo.

Todo el rato él le había presentado opciones, tentadoras, razonables... apelando a su ánimo y a su corazón. No podía decir que había sido una trampa dado que se había adentrado libremente. Aunque había percibido que su caballero andante tenía un lado oscuro, eso no le había restado ganas de estar con él.

Él no había interferido en su matrimonio, ni la había dominado, como querían hacerle creer Tony y su madre.

Además, había dejado a Shannah Lian por ella. Se alegraba de ser la mujer que más deseaba y de que hubiera sido sincero al respecto, actuando con honor y terminando una relación antes de empezar otra.

Max no había hecho nada malo. Y sí todo bueno hacia ella. ¿Qué más podía pedirle? Su nerviosismo se aplacó.

Él sonrió, como si lo percibiera.

–Creo que soy bueno para ti. Dime si no es así.

Chloe disipó la tensión que le quedaba con una carcajada. Él era un hombre muy bello, se sentía afortunada de que la deseara. Le tomó el rostro entre las manos.

–Me gusta lo bueno que eres para mí, Max.

Él se rio, encantado. Se besaron felices y pronto su pasión se desató. Chloe se estremeció, deseando mayor intimidad. Comprobó que él también estaba listo: acarició su miembro grande y duro, maravillándose de nuevo por despertarle un deseo tan intenso.

–Se acabó el ser pasiva –murmuró él, tumbándose boca arriba y colocándosela a horcajadas–. Tómame.

Así lo hizo ella, disfrutando de la sensación de irlo cubriendo poco a poco, sintiendo cómo la llenaba. Sonrió de puro placer. Él comenzó a acariciarle los senos, invitándola con la mirada a ser tan activa como deseara. Chloe se sorprendió moviendo las caderas con un ritmo seductor, observando cómo él la miraba, viendo su deseo aumentar.

Entonces, él la tumbó boca arriba, tomando el control, y la penetró profunda y apasionadamente, elevándola al mismo clímax de antes. Ambos gritaron al alcanzar el orgasmo a la vez, sumiéndose acto seguido en una tranquila saciedad, abrazados. A Chloe no le importaba que la historia con Max fuera algo temporal. Era lo mejor que había conocido en su vida.

Un gemido desde la puerta de la habitación la alertó. ¡Luther! El perrito los observaba con la cabeza ladeada, advirtiendo que había dos personas en la cama en lugar de una, y dudando de si volverían a darle una patada.

–No pasa nada, Luther. Es Max, ¿lo ves? –dijo ella.

–¿Quieres venir, pequeño? –lo invitó él, extendiendo un brazo.

Luther corrió hasta la cama y, tras subirlo Max, les lamió el rostro, eufórico, a los dos porque todo estaba en su sitio. El ataque de Tony no le había dañado. Por fin, se acurrucó entre ellos, feliz.

–Me alegro de habértelo regalado –reconoció Max–. Si no se hubiera desgañitado, alertándome de que algo no iba bien, seguiría preguntándome cuánto tendría que esperar hasta que pudieras admitir la atracción que hay entre nosotros.

Ella suspiró, recordando la innecesaria tensión a la que se había sometido.

–Creí que lograba ocultártela.

–La química sexual no puede ocultarse, Chloe, y siempre ha existido entre nosotros. Por eso no te sentías cómoda en mi presencia, y tenías que protegerte detrás de tu madre o Tony.

Le avergonzaba que él lo hubiera percibido, porque en el pasado ella no había querido afrontar los sentimientos que él le despertaba; solo los había catalogado como peligrosos, evitándolos siempre que podía.

–Bien, pues ahora me siento a salvo contigo –afirmó con decisión.

Aunque no estaba a salvo de enamorarse de él. Y sabía que aquello terminaría, Max era famoso por cambiar a menudo de amante. No podía esperar que con ella fuera diferente. Debía mantener cierta distancia para proteger su corazón.

Él frunció el ceño.

–¿En qué piensas?

–En que voy a disfrutar de todo lo que me ofrezcas de ti durante el tiempo que me quieras a tu lado, pero no debo acostumbrarme a ello porque antes o después se acabará.

«Tal vez yo no quiera que se acabe», pensó Max al instante, pero se contuvo de decirlo. Nunca había pro-

puesto un compromiso a ninguna mujer, y no sería correcto dar esperanzas a Chloe. Desconocía el futuro.
Sabía que aquella mujer era diferente a las demás que
habían pasado por su vida, y que le despertaba sentimientos únicos, pero todo era muy nuevo, y estaba sucediendo en aquel momento. El próximo mes, el próximo año... tal vez los sentimientos se desvanecieran.

–Todo lo que te ofrezca de mí... –repitió, y la miró
divertido–. ¿No te parece demasiado? Tal vez quieras
poner límites. Puedes hacerlo, ¿lo sabes? Eres libre para
tomar las decisiones que desees. No me perteneces. Espero que no permitas que nadie vuelva a dominarte.

Era un buen consejo, y vio cómo ella se liberaba
de la dominación de su madre y su marido, la vio ser
consciente de que era la dueña de su vida y podía mo-
delarla a su gusto, vio nacer su voluntad de hacerlo...
y cómo se alejaba de él por eso.

Max tuvo la extraña sensación de que acababa de
tirar piedras contra su propio tejado y podía terminar
sufriendo por preocuparse demasiado por ella.

Pero seguía siendo un buen consejo, y no se echaría
atrás. No quería ser egoísta. Chloe se merecía desarrollar todo su potencial, libre de la represión de su vida
anterior. Disfrutaría viéndola convertirse en esa persona, una superviviente como él, que continuaba su camino, siempre hacia delante, encontraba su propia luz
y se abría a ella, sopesando las oportunidades que le
surgieran. La Chloe diseñada por su madre quedaría en
el olvido, y la María que él soñaba emergería.

María...

Capítulo 11

CHLOE SÍ que puso límites: no saldría en público con él. Primero, porque daría lugar a cotilleos y los paparazis volverían a perseguirlos; hacía poco que los habían dejado en paz, ya que no había sucedido nada jugoso desde que ella se instalara en la casa de invitados. Segundo, porque el reparto la trataría de forma distinta, inevitablemente; ya lo había comprobado y decidió que sería más fácil trabajar si las sospechas sobre esa relación no estaban confirmadas. Tercero, porque no quería dar razones a Tony para arremeter contra ella, ni a su madre la satisfacción de que había tenido razón. No había sido así, pero ella lo creería.

–Cuando hayamos terminado de rodar esta temporada y me haya mudado a una casa mía, entonces saldré contigo si todavía quieres –dictaminó ella con determinación.

Max accedió, mirándola divertido.

–Ya veo que ser independiente es importante para ti. Hasta ese momento, ¿podemos seguir viéndonos en privado?

Ella se rio y lo abrazó.

–Me quedaría muy triste si no lo hiciéramos.

–Entonces, me esforzaré para que el tiempo que pasemos juntos sea lo más divertido posible.

Y eso hizo. Para Chloe fue una existencia casi idílica vivir en la casa de invitados y estar con Max. Los placeres eran múltiples: hacer el amor, ver episodios de *M.A.S.H.* juntos, navegar, holgazanear junto a la piscina, compartir las deliciosas cenas que preparaba Elaine, ver y comentar series que Max tenía interés en adquirir...

Al principio, a Chloe le había preocupado la reacción de Elaine, Edgar y Eric ante su relación, pero no hubo problema: Edgar mantuvo su deferencia; Elaine, fan de la serie y del personaje de Chloe, estaba encantada teniéndola allí, y siempre acogía a Luther en su cocina; Eric la consideraba parte de la casa y le pedía opinión sobre los trabajos en el jardín.

Habría sido muy fácil olvidarse de todo lo demás. La felicidad era adictiva. Pero Chloe no podía ignorar la sensación de que tenía que poner en orden su vida, aparte de Max. Ese había sido su mayor error en el pasado, olvidarse de lo demás. No volvería a cometerlo.

Max le recomendó un buen abogado de familia, con quien se reunió y puso en marcha el divorcio de Tony. Escuchó atentamente las explicaciones para comprender en qué posición se encontraba y poder decidir juiciosamente. El abogado le aseguró que negociaría un acuerdo justo con Tony y no permitiría que la explotara.

Se compró un coche, un Beetle Volkswagen blanco, bonito, cómodo y fácil de aparcar en la ciudad. Una vez que tuvo su propio medio de transporte, así como la confianza de que podía manejar sus propios problemas, decidió prescindir de los servicios de Gerry Anderson. Le agradeció que hubiera cuidado tan bien de ella y de Luther.

–Ha sido un placer, señorita Rollins. Tiene mi tarjeta. Llámeme si necesita mi ayuda –dijo él con sincera amistad.

Chloe necesitó el coche para su búsqueda de vivienda. Sus opciones eran limitadas, ya que la mayoría no admitían mascotas, y ella no iba a separarse de Luther. No quería comprometerse a comprar una casa hasta que no acordaran el divorcio, por lo que encontrar algo para alquilar fue difícil. Los sábados por la mañana los dedicaba a visitar casas, pero ninguna se adaptaba a sus necesidades.

–Me gustaría algo cerca de un parque para poder llevar a Luther –le comentó a Max tras otra infructuosa búsqueda.

–No tengas prisa, Chloe. Estoy encantado de que te quedes aquí pasados los dos meses –le aseguró él.

–No pretendo quedarme aquí hasta que te canses de mí, Max –comentó ella a la defensiva.

Él frunció el ceño.

–No estaba sugiriendo eso –replicó, sosteniéndole la mirada–. Me gusta lo que tenemos juntos, Chloe. Tal vez no me canse de ti en mucho tiempo.

A ella se le aceleró el corazón. También le gustaba su relación, mucho. Pero recrearse en sueños de eternidad con él no le hacía bien. «Mucho tiempo» podía significar solo un año o dos.

Max observó cómo las dudas podían con la tentación de quedarse con él, y quiso combatirlas. Le gustaba regresar a casa junto a ella, más de lo que nunca habría imaginado con nadie. Ella le gustaba en todos los sentidos.

–Eres feliz aquí –replicó–. Luther también. Eric y Elaine cuidan encantados de él cuando sales. Y lo harán también cuando salgamos los dos juntos, en cuanto hayamos grabado esta temporada de la serie.

Se hallaban en la casita de invitados y él la abrazó, recordándole la intimidad que compartían. Le acarició la mejilla y la miró fijamente, exigiéndole que se rindiera a su voluntad.

–Amas este lugar –continuó, persuasivo–. Tienes tu propio coche, tu independencia. Puedes pagarme alquiler si así te quedas más a gusto. Quiero que te quedes, Chloe.

Vio múltiples emociones agolpándose en sus ojos: deseo, esperanza, temor... La última frenó su determinación de salirse con la suya.

Ella se apartó.

–No puedo, Max. No me lo pidas –le espetó, desesperada.

Se llevó las manos a las mejillas, impidiendo que él pudiera influirla con sus caricias. Su mirada rogaba que la comprendiera. Max no lo lograba, pero supo que debía esperar a que ella se explicara, nada de presionarla. Le horrorizaba que pudiera tenerle miedo. Ella era una joya, nunca le haría daño.

Chloe se retorció las manos al tiempo que respiraba hondo, intentando calmarse. Max advirtió que estaba más tenso que en una decisiva reunión de negocios. Para eso siempre estaba preparado y confiado. Pero de aquel momento con Chloe no tenía ninguna experiencia.

–Toda mi vida... –comenzó ella, tragó saliva, y empezó de nuevo–. Casi toda mi vida he hecho lo que mi madre quería. Aprendí... me hizo aprender que era más fácil obedecer, no resistirme, acceder a lo que ella decidía.

Max vio los recuerdos de castigos en su mirada y sintió ira hacia Stephanie Rollins. Durante su infancia, él había sido víctima de negligencia, indiferencia, explosiones inesperadas de emociones de su madre, pero nunca lo había presionado cruelmente a cumplir su voluntad.

–Cuando me casé con Tony, descubrí que también para él era solo una herramienta, alguien a quien podía utilizar para conseguir lo que deseaba... Volví a tomar el sendero fácil, permitiéndolo porque al menos con él era más agradable que con mi madre. Al menos él fingía amarme, podía vivir con eso.

«Menudo embaucador, aprovechándose de la ocasión», pensó Max con desprecio. Pero algo en su conciencia le alertó de que él estaba haciendo algo similar.

–Sería muy fácil quedarme aquí contigo, Max –continuó ella–. Pero si lo hiciera, estaría repitiendo el patrón que necesito romper, entregándote el control de mi vida en lugar de hacerme cargo de ella yo.

–¡No! –se opuso él con vehemencia–. No controlaré tu vida, Chloe. Conmigo siempre tendrás posibilidad de elección.

Ella lo miró apenada.

–No puedo elegir cuándo conocerás a otra mujer que te interese más. Shannah Lian no tuvo opción, ¿cierto?

«Pero contigo es diferente», estuvo a punto de confesarle, pero logró contenerse. Era cierto, pero no podía prometerle que nunca se separarían. Aún se hallaban en la luna de miel de su relación. Se necesitaba mucho más tiempo para poner a prueba la profundidad de sus sentimientos hacia ella. Una declaración precipitada no sería buena para ninguno de los dos.

—Necesito un sitio mío, Max —explicó ella, rogándole comprensión con la mirada—. No quiero volver a sentir que no tengo adónde ir si... otras cosas se desmoronan. Aunque no sea tan cómodo para ti, para ninguno de los dos...

—Eso no tiene importancia —replicó él—. Lo que cuenta es que tú estés bien. Lo siento, solo pensaba en mantener lo que hemos compartido hasta ahora.

Sacudió la cabeza a modo de disculpa, se acercó a ella y la sujetó dulcemente de los hombros.

—Cuando mi madre falleció, los trabajadores sociales me llevaron a un albergue. Me moría de ganas de terminar el colegio y ganar suficiente dinero para tener mi casa. ¿Quieres que te ayude a encontrar una?

Aliviada y feliz, Chloe lo abrazó por la cintura y lo apretó contra sí.

—No, ya me has ayudado bastante. No sé cómo expresarte cuánto aprecio lo que has hecho por mí. Incluso cuando ya no seamos amantes, siempre te consideraré mi mejor amigo.

—Yo aún no estoy preparado para que termine nuestro romance, ¿y tú?

—Tampoco —respondió ella, mirándolo traviesa mientras se frotaba contra él.

Max se rio y la levantó en brazos, necesitando aliviar la fuerte actitud posesiva que debía contener. Luther ladró y Max le sonrió.

—Tú ya tienes tu parte, pequeño. Ahora es mi turno.

Chloe se rio conforme la llevó al dormitorio y cerró la puerta. No hubo ninguna sensación de conflicto mientras hacían el amor. Ella se entregó sin inhibiciones y

Max se recreó en la certeza de que seguiría siendo su amante, independientemente del cambio de residencia.

Tumbados después, mientras le acariciaba suavemente el cabello y la espalda, sintió una profunda ternura hacia ella.

—Conmigo estás a salvo, Chloe —murmuró—. Yo no voy a aprovecharme de ti.

Ella suspiró, con la cabeza apoyada en su pecho.

—Lo sé, Max. Tú no lo necesitas. Sigues tu propio camino.

Algo que para ella era nuevo, pensó Max. Comprendía su deseo de tener el control, dada la actitud victimista a la que se había resignado en el pasado. Le hacía bien establecer su propio terreno y espacio.

Ella acababa de admirarle porque seguía su propio camino. Había tenido que hacerlo desde niño. Su madre, soltera y drogadicta, había sido una irresponsable. Con demasiada frecuencia, no tenían qué comer porque ella se gastaba la pensión en drogas. Y por las mañanas dormía, sin preocuparse de llevarlo al colegio. Él iba porque allí estaba mejor que en su casa. Había sido una vida solitaria, cuidando de sí mismo. Convertirse en autosuficiente no había sido fácil, pero sí la única manera de sobrevivir. Odiaba cuando ella se ponía sentimental y lo abrazaba hasta hacerle daño, mientras repetía lo mucho que quería a su pequeño. Eran palabras vacías, sin correspondencia con la realidad. Recordaba haber pensado que estaría mucho mejor sin ese supuesto afecto.

Y le había ido muy bien sin él, sin permitir que nada ni nadie lo apartara de alcanzar los objetivos que se marcaba.

¿Podría volver a ser feliz así, después de aquel fabuloso tiempo junto a Chloe, compartiendo más con ella que con nadie en su vida, y disfrutándola en todos sus aspectos? Nunca le había importado estar solo. Había sido una ventaja poder hacer lo que quería. Incluso, había evitado ataduras emocionales conscientemente. Pero sabía que echaría de menos estar con ella al regresar a casa.

No podía evitar que aquel idilio terminara. Pero eso no tenía que suponer una distancia insalvable entre ellos. Necesitaba asegurarse algo a largo plazo con ella. Había muchas cosas que quería que conociera.

—Cuando te marches de aquí, mantener nuestra relación en secreto será imposible —comentó, sin darle importancia—. Alguien advertirá que voy a verte. Porque querrás que vaya, ¿verdad?

—Claro que sí —dijo ella sin dudar.

—Entonces, no veo razón para que no nos mostremos juntos en público. Así, cuando empecemos el rodaje de la siguiente temporada, el equipo ya estará acostumbrado a vernos juntos. Eso no te incomodaría, ¿cierto?

Ella no respondió.

Max sintió la tensión crecer en su interior mientras esperaba. No podía obligarla a que estuviera de acuerdo con él, debía suceder voluntariamente.

No podía ver su rostro, no sabía lo que pasaba por su mente. ¿Le preocuparía lo que pensara Tony, o su madre? Ella tenía su propia vida y podía hacer lo que deseara. Seguro que elegiría pasar tanto tiempo a su lado como fuera posible. ¡Él no aceptaría llevar su relación en secreto, era demasiado limitado!

La mente de Chloe era un torbellino. Le sobrecogía la idea de verse públicamente unida a un hombre tan poderoso, ser etiquetada como su nuevo amor, y que todos especularan con cuánto duraría la relación. Aparte de eso, a pesar del tiempo transcurrido desde su separación de Tony, su relación con Max podía considerarse todavía un escándalo. Los paparazis los acosarían cada vez que salieran juntos.

Se encogió ante la idea de enfrentarse a eso, y deseó que su relación continuara siendo privada. Los dos últimos meses había sido todo tan maravilloso, tan fácil...

Fácil. Una parte su mente se burló, acusándola de volver a su antiguo patrón. Acababa de asegurarle a Max que no se quedaría en su casa porque era lo fácil. Además, habían grabado casi toda la temporada y ella estaba a punto de encontrar una casa. Denegarle lo que él pedía cuando le había dado tanto no le parecía bien. Además, sabía que lo echaría de menos, en todos los sentidos.

¡Y qué si no era fácil hacer pública su relación! Lo tendría a él a su lado, eso era más importante que cualquier otra cosa.

Lo miró, sonriente.

—Será un placer salir contigo, Max —afirmó.

Aunque en realidad, lo que deseaba era más de lo que podría pedirle o esperar nunca: tenerlo a su lado durante el resto de su vida.

—¡Bien! —exclamó él, sonriendo de satisfacción.

Chloe se dijo que debía alegrarse. La experiencia junto a él le había cambiado la vida para mejor. Siempre le agradecería que hubiera entrado en su vida... incluso cuando saliera de ella.

Capítulo 12

EL SÁBADO antes de la última semana de grabación, Chloe encontró por fin un lugar que deseaba alquilar. Era una pequeña casa adosada en una calle paralela a Centennial Park. No le importó que fuera antigua ni que necesitara reformas en la cocina y el baño. Era funcional: con dos habitaciones en el piso de arriba, un espacioso salón abajo, y un pequeño jardín posterior para que Luther no tuviera que estar todo el tiempo encerrado. Estar tan cerca del parque era ideal, y además también se hallaba próxima a las tiendas que conocía al haber vivido en Randwick.

Fue muy duro marcharse de la casa de Max; despedirse de Elaine, Edgar y Eric, que tanto la habían ayudado a sentirse en casa; separarse de la intimidad diaria con él... Agradeció tener la compañía de Luther para no sentirse tan sola, aunque ocupó su tiempo al máximo la primera semana tras la mudanza guardando sus cosas, comprando los muebles que necesitaba, colocando una salida para perros en la puerta del jardín y enseñando a Luther a usarla.

Max la visitaba casi todas las noches para ver cómo iba todo, y llevarle flores y deliciosos platos cocinados por Elaine. Siempre terminaban en la cama, el mejor regalo para ella. Con que él la mirara, todo su cuerpo se activaba imaginando ese momento.

Algunas veces no les daba tiempo a llegar al dormitorio. Como un día en que él había aparecido con un glorioso ramo de rosas amarillas, había elegido una y le había acariciado las mejillas, el cuello, el escote del vestido... Luego la había subido a la encimera de la cocina, y habían disfrutado del sexo más erótico.

Era un amante extraordinario. Chloe sabía que terminaría enamorándose de él. Hacía que se sintiera tan amada y cuidada... ¿Trataba así a todas las mujeres que pasaban por su vida, o ella era especial? Él había dicho que lo era, ¿lo suficiente como para querer pasar el resto de su vida a su lado?

Comenzaron a salir juntos en público. Fueron a fiestas, a galas benéficas, al teatro, al ballet y a la ópera, a estrenos de cine. Eran la comidilla de la ciudad: el magnate televisivo emparejado con la estrella de su serie más reciente. Max manejaba aquel interés con facilidad. Chloe simplemente brillaba en su compañía. No era difícil: le encantaba estar con él y no le importaba lo que pensaran los demás.

Sí que se negó a una petición de Max de organizar y presidir una cena en Hill House. Eso le acercaría demasiado a lo que haría una esposa, su gran deseo secreto. Y ya había fingido bastante en su vida.

De hecho, rehuyó volver a la finca, sabedora de que lo pasaría mal, ya que deseaba que fuera su hogar. Marcharse ya había sido suficientemente duro. No quería volver a sentir ese dolor.

Max fue frustrándose conforme ella rechazaba las invitaciones a encontrarse allí.

–Te gustaba Hill House, y su personal. A ellos les encantabas. Te echan de menos –comentó.

Pero no dijo nada de que él la echara de menos, pensó

Chloe. Él era reservado, no revelaría sus debilidades. Ella también debía aprender a serlo.

—Es tu hogar, Max, no el mío —señaló.

—¿Y qué tiene de malo que vengas de visita? —preguntó él, frunciendo el ceño.

Chloe sacudió la cabeza.

—No puedo retroceder, debo seguir mi propio camino. Me ves cuanto deseas, ¿no es cierto? ¿No satisface eso lo que quieres de mí en nuestra relación?

Él se la quedó mirando un largo momento.

—Lo que tú digas —dijo finalmente.

Para alivio de Chloe, no volvió a sacar el tema. Cuando daba una cena, lo hacía en un restaurante y ella lo acompañaba encantada. No era lo mismo que hacer de anfitriona en Hill House.

Poco antes de la grabación de la nueva temporada, Chloe recibió una inesperada e indeseada visita en su casa. Era lunes por la mañana y acababa de poner una lavadora. Iba a tomarse un café, cuando llamaron al timbre. Luther corrió hacia la puerta, ladrando. Seguramente sería un repartidor, pensó Chloe. De todas formas, tomó la precaución de comprobarlo por la mirilla.

El corazón se le detuvo en seco.

Laura Farrell se hallaba en la entrada, de perfil, con un embarazo más que evidente. El cabello le ocultaba gran parte del rostro. Mientras Chloe asimilaba lo que sucedía, Laura se giró y volvió a llamar. Llevaba el rostro sin maquillar y lleno de lágrimas.

¿Por qué estaba allí? No esperaría que la volviera a contratar, después de su traición. ¿Querría que la perdonara? Pues ni en un millón de años, se dijo, mientras el timbre seguía sonando, dejando muy claro que la mujer no iba a rendirse y marcharse. Una parte de ella no quería volver a verla, pero otra parte insistía en acabar con lo que pretendiera. Ya no era la antigua Chloe que evitaba las confrontaciones. Había aprendido a manejar muchas cosas desde que estaba con Max.

Luther estaba ladrando a más no poder. Lo tomó en sus brazos para tranquilizarlo y abrió la puerta, con la intención de decirle a Laura que no era bien recibida.

–¡Gracias a Dios que estás aquí! –exclamó la joven con exagerado alivio–. Por favor, Chloe, tengo que hablar contigo. No tengo nadie más a quien recurrir. Tony...

Rompió a llorar, tapándose el rostro con las manos y sacudiendo la cabeza, angustiada.

Chloe no quería que le afectaran esas lágrimas. Lo que ocurriera entre Laura y Tony no era asunto suyo ni deseaba que lo fuera. Pero le pareció una crueldad echarla en aquel estado.

–Será mejor que entres –ofreció a regañadientes, haciéndose a un lado.

–Gracias, ¡gracias! –balbuceó Laura, deshecha.

Luther le ladró conforme entraba, captando el desagrado de su dueña. Se agitó en sus brazos, queriendo inspeccionar a la visitante, pero ella lo sujetó hasta que Laura se sentó. Le dio unos pañuelos de papel para que se enjugara las lágrimas.

–¿Quieres un té? –ofreció, sabiendo que era su bebida preferida.

Laura asintió mientras se sonaba la nariz.

–Voy a soltar a mi perro. Seguro que se acerca a olerte. No le hagas nada –advirtió Chloe.

–Claro que no –balbuceó Laura.

Una vez suelto, Luther respondió como se esperaba. Dejándolo de guardia, Chloe preparó un té y un café y los llevó a la mesa. Se sentó frente a su antigua asistente, que había asistido más bien las necesidades de su marido, y esperó a que se tranquilizara y hablara.

Por fin, la joven la miró angustiada.

—Tony me ha abandonado. Aunque voy a tener un hijo suyo, no va a darme ninguna ayuda.

Chloe se horrorizó al oír aquello. A pesar de su infidelidad y del arranque de ira que había pagado con Luther, no creía que su aún marido pudiera ser tan despreciable.

—No logro encontrar empleo, nadie quiere a una asistente personal embarazada —gimoteó—. Necesito ayuda, Chloe. No podré arreglármelas sola con el bebé.

Muchas madres solteras tenían que arreglárselas por sí mismas, pensó ella. Y Laura no era una persona desvalida, aunque tal vez estaba sumida en una depresión y no veía la salida.

—¿Quieres que hable de esto con Tony? —propuso, pensando que había que tener valor para pedírselo a la esposa engañada.

Laura negó con la cabeza.

—Es inútil. Está furioso porque te lo conté, no quiere saber nada de mí ni del bebé —respondió, y rompió a llorar de nuevo—. Siento habértelo dicho como lo hice, pero estaba frustrada y tan enamorada de él que perdí el juicio aquella noche. Él era el padre de mi hijo, lo único que podía pensar era en que se divorciara de ti y se casara conmigo.

A pesar de la ofensa recibida, Chloe no pudo evitar cierta empatía. El bebé suponía una diferencia. Aunque no deberían haber tenido una aventura, eso para empezar. Y Laura lo sabía.

—Intenté no enamorarme de él —se justificó—. Era tu esposo, totalmente fuera de mi alcance. Luché contra esa atracción, Chloe, pero él la percibió y jugó con ella.

Me gustaba trabajar para ti, no quería renunciar a ello. Pero una noche de fiesta en que había bebido mucho, él me sedujo. Soy una víctima de sus encantos, igual que tú. Creí que me amaba realmente, y que su matrimonio contigo era una fachada para favorecer su carrera. Siento muchísimo que sufrieras, pero al menos ahora tienes a Max Hart, así que has salido adelante, y prosperando.

–He salido adelante, cierto, pero el divorcio no es plato de gusto, y que Max sea mi amigo no significa que yo haya prosperado.

–Seguro que es más que un amigo –le espetó ella.

Chloe advirtió su mirada de envidia y decidió cortar por lo sano.

–¿A qué has venido, Laura?

Ella sacudió la cabeza, atribulada, y agitó las manos.

–No tengo trabajo. Creí que Tony me ayudaría, pero no es así, y no puedo pagar el alquiler de mi apartamento. Estoy casi en la calle –explicó, con cara de pena–. No tengo nadie a quien recurrir. Tú y yo éramos amigas. Si no hubiera tenido que pasar tanto tiempo cerca de Tony al trabajar para ti...

–¿Insinúas que tu embarazo es culpa mía? –la cortó ella, indignada.

–No... pero él nos ha engañado a las dos. Creí que comprenderías y perdonarías lo sucedido. Por el bien del bebé... por favor, Chloe... Si pudieras prestarme algún dinero para ir tirando una temporada... darme lo que Tony debería estar aportando... Podrías decírselo a tu abogado para que lo dedujera del acuerdo de divorcio con él.

«La máquina de hacer dinero», no podía olvidar esa idea. No quería participar en aquello. Pero había un inocente bebé involucrado, y le horrorizaba el abandono de Tony.

–¿En qué suma habías pensado? –preguntó, sin comprometerse a nada.

Triunfo, codicia... algo brilló en los ojos de Laura contrario a su supuesta desesperación, aunque enseguida lo bañó en lágrimas.

–Odio pedirte esto...

Se secó con un pañuelo desechable, inspiró hondo y dijo:

–Tal vez un único pago sería lo mejor. Podría marcharme, empezar una nueva vida con mi bebé en otro lugar...

–¿Cuánto, Laura? –la interrumpió, harta de la escena.

Ella se retorció las manos y la miró suplicante.

–Si pudieras extenderme un cheque de cincuenta mil dólares...

¡Cincuenta mil! Tal descaro la dejó helada. ¿Tan fácil había sido ella en el pasado, que en cuando recibía un poco de chantaje emocional cedía, olvidándose de sus propias necesidades? ¿Eso era lo que Laura esperaba encontrarse?

Aunque habiendo un bebé de por medio...

–No voy a darte ese dinero, Laura –afirmó con decisión–. Comentaré tu situación con mi abogado para que hable con el de Tony.

–Pero eso podría llevar semanas, meses... Y ya estoy en números rojos –gimoteó.

–Te aseguro que en estos días haré algo para que Tony se responsabilice de sus asuntos –insistió Chloe fríamente, levantándose para poner fin a aquella desagradable conversación.

–No lo hará... –gritó la joven, permaneciendo sentada y tapándose la cara con las manos.

Luther empezó a ladrarle para que se levantara.

Laura lo ignoró. Chloe suspiró con impaciencia, hizo callar a Luther y dijo con firmeza:

—Te prometo que se hará algo para que obtengas ayuda para el bebé. No hay más que hablar, Laura.

—Por favor, Chloe... —gimió, levantándose torpemente—. No me eches sin nada. No sé qué haría.

¿Era una insinuación de suicidio?

Luther volvió a ladrar, rechazando lo que su instinto percibía.

—Si pudieras al menos darme un cheque de cinco mil —rogó.

Chloe no estaba de acuerdo, pero el asunto le preocupaba lo suficiente como para ir a su bolso y sacar quinientos dólares de su monedero. Se los tendió.

—Es todo lo que tengo a mano. Debería ser suficiente ayuda hasta que te llegue otro dinero.

La joven agarró el dinero, aunque siguió insistiendo.

—Podría canjear un cheque...

—No. He prometido hablar en tu nombre y así lo haré. Eso es todo, Laura. Ahora quiero que te vayas —dijo, y se encaminó a la puerta.

Luther se quedó ladrando a la visitante hasta que se puso en marcha, lloriqueando tan ruidosamente que se notaba que era un intento de ablandarla, pensó Chloe. Eso no iba a suceder, aunque empezó a hacerle dudar de su decisión.

Laura se detuvo en la puerta para volver a suplicarle.

—¡Basta! —exclamó Chloe, agotada su paciencia—. No vuelvas por aquí, Laura. No me convencerás para que haga nada más por ti.

Sorprendentemente, ella dejó el llanto y la fulminó con la mirada. Cuando habló, no había rastro de temblor en su voz:

–¿Qué son unos miserables cientos de miles para ti, cuando puedes disfrutar de los billones de Max Hart? ¡Nada! –apuntó, e intentó presionarla–. Esto no es propio de ti, Chloe, echarme con una limosna, sin preocuparte por el bebé...

Luther gruñó y se abalanzó sobre sus piernas, haciéndola salir al porche para huir de él. Chloe cerró la puerta inmediatamente y echó la llave, suspirando de alivio. Tomó al perro en brazos.

–Perrito bueno, has vuelto a salvarme –le cantó suavemente, acariciándolo mientras se dirigía al patio trasero, para poner la mayor distancia posible con Laura.

Le dolía la cabeza y estaba revuelta por dentro. En el pasado había accedido tantas veces a lo que se le pedía por no sentir ese torbellino... pero no se sentía mal por no haber cedido. Laura se hallaba en esa situación por culpa de Tony, no suya. Era responsabilidad de ambos. Ella no tenía por qué arreglar esa situación.

Aunque sí llamaría a su abogado para reunirse con Tony. De una u otra manera, él debía hacerse cargo de su bebé.

Max aparcó delante de la casa de Chloe y deseó una vez más que siguiera viviendo con él en Hill House. Sabía que para ella era importante esa independencia, pero no le gustaba.

Le gustó aún menos cuando se enteró de la visita de Laura Farrell y que como resultado, Chloe se viera de nuevo relacionada con Tony. No tenía sentido decirle que no debería haberle entregado ningún dinero. Los bebés eran su punto débil, algo que los separaría inevitablemente si él no se replanteaba su vida.

–Mi abogado ha preparado una reunión con Tony mañana en su bufete –terminó, con una mueca de desagrado–. Va a ser horrible, pero no puedo olvidarlo, Max.

–Cierto, lo tendrás en la cabeza hasta que esté solucionado. Pero no asumas que Laura te ha dicho la verdad, Chloe. Algo huele mal en esa historia.

Por ejemplo, el chantaje emocional, con el que Chloe habría caído meses atrás, una herramienta de manipulación que seguro que había visto que su madre y Tony usaban con ella.

Chloe se rio.

–A Luther también le ha olido mal.

–Elegí bien. Vale su peso en oro –señaló Max con una sonrisa.

–¡Desde luego! –exclamó ella, abrazándolo por el cuello y mirándolo arrobada.

Él la abrazó por la cintura y la atrajo hacia sí.

–¿Quieres que vaya contigo mañana y te ayude con el asunto de Tony?

–No. Esto es algo que debo hacer por mí misma –respondió ella, y sonrió con ironía–. No puedo pretender que me protejas por siempre.

Max sentía la urgencia de hacer eso precisamente. Seguramente por lo poco que le gustaba Tony Lipton. No quería que se reuniera con él. Aunque el encuentro con Laura Farrell había demostrado definitivamente que ella ya no haría nada que no quisiera. Y él no tenía derecho a cuestionarla en algo que consideraba un asunto personal.

–Además, será en el bufete de mi abogado, estaré a salvo.

–Cierto. Me preocupa cuando salgas de allí. Si Tony se pone desagradable...

Chloe frunció el ceño, asustada ante la opción real de que recurriera a la fuerza física.

–Ya sé. Llamaré a Gerry Anderson para que me lleve al bufete y de vuelta a casa.

Una solución independiente.

Poco a poco, iba separándose de él, advirtió Max. Pronto, no lo necesitaría en absoluto, aunque seguía deseándolo con fuerza. Se aseguró de que eso se mantuviera, empleando toda su experiencia, aquella noche cuando hicieron el amor. Después, ella se le abrazó con un suspiro de satisfacción y murmuró:

–Max, no estoy contigo por tu dinero. Tú no piensas eso, ¿verdad?

–Claro que no, Chloe.

Ella se acurrucó, feliz, aceptando sus palabras sin dudar.

Max sabía que no podría comprarla. Tampoco querría hacerlo.

Ella estaba entregada en cuerpo y alma a tomar sus propias decisiones, a seguir su propio camino.

Para mantenerla a su lado, él debía ser su mejor elección.

Lo peor era que deseaba compartirlo todo con ella, y ser correspondido. Seguir su camino sin ella a su lado le resultaba muy vacío. Incluso Hill House resultaba vacía sin ella.

Había iluminado su vida con su adorable, ingenua y radiante personalidad. Todo lo que él antes valoraba, sus brillantes logros, no podían compararse a lo que ella le hacía sentir.

En realidad, no tenía todo lo que deseaba.

Chloe estaba escapándosele, y él quería más.

Capítulo 13

A PESAR de la determinación de Chloe de hacer lo correcto, y de que ambos abogados estarían presentes, enfrentarse de nuevo a Tony le ponía nerviosa. Seguramente estaría furioso.

—Su tensión es palpable, señorita Rollins —comentó Gerry Anderson afectuosamente, mientras circulaban por la ciudad—. ¿Quiere contarme lo que ocurre, para saber cómo protegerla mejor?

Chloe le contó lo sucedido con Laura Farrell y el propósito de aquella reunión.

—¿Puedo decirle algo?

—Por favor.

—La señorita Farrell hizo todo lo que pudo para sacarle dinero. Me parece una mujer muy experta en ese sentido, y le aseguro que he conocido a muchos como ella. No se sorprenda si ya ha exprimido al señor Lipton hasta la médula.

—¿Quieres decir que tal vez me mintió respecto a que Tony no le daba nada?

Era una idea apabullante.

—Solo digo que es una posibilidad. Apuesto a que intentaba exprimirla a usted también. Me alegro de que no lograra engañarla —señaló, con una sonrisa de aprobación.

Chloe hizo una mueca de disgusto.

–Le di quinientos dólares.

–No es una pérdida importante. Y usted se sintió mejor. Será mejor que se olvide de ese dinero, no creo que el señor Lipton vaya a reembolsárselo. De hecho, creo que debería escucharlo antes de acusarlo de nada –le recomendó–. ¿De acuerdo?

–Sí. Gracias, Gerry. Me alegro de haberte llamado. Ahora me siento más... preparada.

–Me alegro de serle de ayuda. Estaré muy cerca por si tiene algún problema –le aseguró el hombre.

–Gracias –dijo ella, suspirando aliviada.

El guardaespaldas la acompañó al interior del bufete y se quedó esperando en el despacho de la secretaria, junto a la sala donde iba a celebrarse la reunión. Tony y su abogado ya estaban dentro cuando ella llegó con el suyo. Todos se saludaron, y Tony alabó lo guapa que estaba, sonriéndole como si estuviera encantado de volverla a ver. Chloe miró a los abogados.

–Centrémonos en los negocios, ¿les parece?

Cada parte se sentó en un lado de la mesa.

Tony se inclinó hacia delante.

–Laura te ha mentido, Chloe. Y a mí. No está embarazada, nunca lo estuvo. Era todo mentira.

Ella iba preparada para lo peor, pero aquello era demasiado.

–Pero... si la vi ayer. Tenía tripa, como de cuatro o cinco meses...

–Solo relleno, te lo prometo –le aseguró él–. Cuando el otro tipo al que engañó se puso en contacto conmigo, insistí en que ella se hiciera un test para comprobar que yo era el padre. No accedió, protestando porque no confiaba en ella. Pero ya lo había hecho antes, chantaje y fraude.

Chloe lo miró sin dar crédito a lo que escuchaba.

–¿Qué otro tipo? –preguntó.

–Uno que leyó nuestra historia en el periódico. Y el papel de Laura en ella. Se lo pensó y me buscó, dijo que no quería que a otro le ocurriera lo mismo que a él, no quería que ella volviera a salirse con la suya –explicó, e hizo una seña a su abogado–. Enséñale su declaración jurada.

El abogado le pasó unos documentos. El primero era la mencionada declaración, de un tal John Dennis Flaherty, del otro extremo de Australia. No parecía que Tony pudiera conocerlo con antelación.

Según él, Laura Farrell había sido su asistente personal hacía cuatro años. Lo había seducido para que mantuvieran relaciones sexuales, aunque él amaba a su esposa y no tenía intención de romper su matrimonio, algo que le había dejado muy claro. Ella parecía haber aceptado la situación hasta que un día le había anunciado que se había quedado embarazada por accidente, y lo había presionado después para que abandonara a su mujer. Él se había negado y había puesto fin a la aventura, ofreciéndose solo a pagar la manutención del bebé. Laura había ido entonces a su esposa, rogándole que lo dejara para que pudiera casarse con ella. La esposa se había divorciado, y él se había quedado solo y pagándole una sustanciosa indemnización a Laura por mantenerla alejada de su vida.

Un año después, había querido conocer a su hijo y había contratado a un investigador privado para que buscara a Laura. Resultó que no había bebé ni registros médicos de ningún embarazo, menos aún de un nacimiento.

A continuación estaban las fotocopias del informe

del investigador. Al ser interrogada, Laura Farrell había declarado que el dinero había sido un regalo de despedida, y no había ninguna otra prueba. Era su palabra contra la de él, así que no había podido demandarla por fraude para recuperar su dinero.

A Chloe se le revolvió el estómago ante aquella detestable historia, que Laura había intentado repetir. Y esa vez, ella había sido la esposa injuriada.

Cincuenta mil dólares no estaba nada mal a cambio de un poco de relleno, pensó con ironía.

—Laura no te engañó, ¿verdad? —preguntó Tony, nervioso—. ¿Le diste mucho dinero?

Chloe levantó la mirada lentamente de los documentos y la clavó en él.

—No. Creí que debías ser tú quien lo hiciera. Por esa razón estamos aquí.

Él mostró alivio.

—Al menos no nos ha hecho demasiado daño.

Chloe no iba a aceptar que él se librara de su parte de culpa. Lo miró fríamente.

—Tú nos has puesto en esta posición, Tony. Le entregaste el poder para jugar así.

—¿Te crees que no me he arrepentido miles de veces de haber caído en su trampa?

—Laura aseguró que tú la sedujiste.

—¿Cómo iba a decirte otra cosa? —se mofó él—. Era lo que le convenía. Igual que le convino enviarme clarísimas señales de que quería algo conmigo desde el primer día que trabajó para ti. Millones de pequeñas tentaciones que ignoré durante meses. No la deseaba.

Se inclinó hacia delante de nuevo, rogándole con la mirada que lo comprendiera.

—Te tenía a ti, Chloe. No quería nada con ella. In-

cluso cuando se me abalanzó, me dije que debía dete-
nerla, pero había bebido mucho en aquella fiesta, y...
–hundió las manos en su cabello con desesperación–.
Te lo aseguro, es una depredadora sexual. Yo salía del
cuarto de baño. Me hizo entrar de nuevo, me bajó la
cremallera, se puso sobre mí y...

–¡Ahórrame los detalles! –le interrumpió ella.

–Lo siento, solo quería que supieras cómo fue, yo
no quería que sucediera. Te amo –exclamó él.

Chloe se irritó ante aquel nuevo intento de manipulación. Daba igual quién de los dos hubiera empezado, el hecho era que ninguno lo había impedido.

–No me digas que solo hubo una vez, Tony. Sé que
no fue así –dijo, harta de tantas mentiras–. Mi madre
me lo contó. Tildó el romance de «algo sin importancia». El romance, Tony, no una aventura de una noche.

Vio cómo él intentaba maquinar una excusa.

–De acuerdo –reconoció–. Laura sabía cómo sedu-
cirme. Cualquier hombre habría aceptado lo que ella
ofrecía. Soy humano, Chloe. Pero me sentía culpable,
y al final puse fin a esa historia porque me importaba
nuestro matrimonio y no quería que ella lo estropeara.

¿Max también habría caído en las redes de Laura?
Era obvio que lo que ella le había ofrecido a Tony había sido más excitante que lo que tenía en casa. Tal
vez Max no se había casado nunca porque, después de
un tiempo, se aburría del sexo con la misma mujer, así
que prefería mantenerse soltero para poder acceder a
algo nuevo cada vez que quería.

Como le sucedería con ella.

Le invadió una enorme tristeza. No quería oír nada
más. No habiendo bebé, aquella reunión no tenía razón de ser. Miró abatida al hombre con quien se había

casado creyendo ciegamente en el amor, y le dijo una verdad:

–Lo que no querías perder era tu máquina de hacer dinero, Tony.

Él se ruborizó, avergonzado.

–Esas son palabras de Laura, no mías. Estaba decidida a separarte de mí, pero ya no forma parte de nuestras vidas, Chloe. No hay ningún bebé que la ate a mí. Eso pertenece al pasado –dijo, y extendió las manos–. Te ruego que me perdones. Dale otra oportunidad a nuestra relación.

Ella negó con la cabeza y se levantó. Se giró hacia los abogados.

–Gracias por sus servicios para aclarar la situación con Laura Farrell.

Los tres hombres se pusieron en pie.

–Piénsalo, Chloe, por favor. Teníamos un buen matrimonio antes de esto. Sé que querías un bebé y yo lo pospuse, pero no lo haré si nos das otra oportunidad. Te lo prometo.

Ella no dudó de que cumpliría su promesa. Un bebé era la mejor manera de mantener su matrimonio. Pero recordaba cómo había tratado a Luther, y no le parecía un buen padre. Ni un buen marido. Nunca lo había sido.

–La reunión ha terminado –afirmó ella–. No era para hablar de nosotros, Tony.

–¿No te das cuenta de que he sido víctima de Laura, igual que John Flaherty? Estás permitiendo que ella gane.

–No. No ha sacado nada de esto.

Los quinientos dólares serían migajas para lo que habría esperado obtener.

—Sí lo ha hecho: la satisfacción de vernos romper —replicó él con vehemencia.

Extrañamente, en realidad le había hecho un favor, pensó ella. Su romance había sido el catalizador para romper con muchas cosas perjudiciales de su vida.

—Yo he seguido con mi vida, Tony. Ya no hay marcha atrás.

Él la miró enfadado.

—Puedo perdonarte lo de Max Hart. Se aprovechó de la situación.

Ella sacudió la cabeza.

—Me marcho —anunció, y miró al abogado de Tony—. Agradeceré que permanezcan en esta sala hasta que me haya ido.

—Comprendido, señorita Rollins —dijo el letrado.

Su propio abogado la acompañó a la puerta.

—Max Hart no se casará contigo —le gritó Tony—. No te dará hijos. Terminarás en la cuneta, igual que el resto de mujeres que han estado con él.

Ella ya sabía que Max cambiaría de mujer, y que le dolería cuando sucediera. Pero había estado a su lado en un momento crítico de su vida, ayudándola a convertirse en alguien independiente. Siempre recordaría el bien que le había hecho, eso superaría el dolor por su pérdida.

Abandonó la sala de reuniones.

—Te daré mejor vida de lo que Max Hart podrá nunca —insistió él, en una última y desgarradora súplica—. Te juro que eres la única mujer para mí. Tendremos familia, tanta como quieras. Piénsalo, Chloe. Y llámame...

La puerta se cerró tras ella.

Gerry Anderson se levantó de su asiento. Chloe se despidió de su abogado y se marchó de allí.

Max volvió a mirar la hora y frunció el ceño. La reunión de Chloe con los abogados y Tony Lipton tenía que haber terminado hacía tiempo.

–¿Por qué estás tan tenso, Max? –le preguntó Angus Hilliard–. Es la tercera vez que compruebas la hora y frunces el ceño. Aparte de que no logras concentrarte en nuestro negocio.

Max lo miró preocupado.

–Estoy esperando una llamada de Chloe. Tenía una reunión con su marido y los abogados, pero debería de haber terminado hace tiempo. Quise acompañarla, no confío en ese hombre. Por lo menos, se le ocurrió contratar a Gerry Anderson para que la acompañara.

–Es uno de los mejores –señaló Angus–. ¿Por qué no lo llamas y le preguntas qué tal ha ido? Aquí tengo su número.

–Esta vez no lo he contratado yo –señaló Max–. Y Chloe prometió llamarme.

–Lo haces porque ella te importa –replicó Angus–. Seguro que Anderson lo comprenderá.

No le gustaba la idea de actuar a espaldas de ella. Pero la sensación de que estaba separándose de él crecía cada vez más. Debería haberle telefoneado ya. A menos que algo fuera muy mal.

Tenía que saberlo. Contactó con Gerry.

Diez minutos después, supo que Chloe se hallaba sana y salva en su casa desde poco después de las doce. Conoció también el fraudulento embarazo. Lo que más le turbó, sin embargo, fueron las palabras que

Tony le había dicho a Chloe antes de abandonar el bufete: que con él no tenía futuro. Pero Tony sí que le ofrecía una familia. Y su última súplica: «llámame».

A pesar de haber quedado en ello, Chloe no lo había telefoneado a él, Max Hart, el hombre cuyo estilo de vida sugería que ella solo era una más entre una multitud de mujeres, ninguna de las cuales había conseguido que se casara y formara una familia.

¿Estaría planteándose las promesas de su todavía marido?

–Max, estás desgastándome la alfombra.

El seco comentario lo devolvió a la realidad: se hallaba en el despacho de Angus, paseándose como un tigre frustrado, queriendo arremeter contra la situación, pero enjaulado tras barrotes que no podía forzar sin más. Chloe ya no vivía en su propiedad, no podía acceder a ella tan fácilmente, especialmente si ella no lo quería. Y todavía seguía casada con Tony Lipton, quien estaba intentando sacar provecho del engaño de Laura Farrell.

Se detuvo frente a Angus, que se echó hacia atrás y elevó las manos a modo de defensa.

–Yo no soy tu objetivo, solo el que negocia, ¿recuerdas?

–¡Ella es mía! –explotó–. ¡No quiero que el gusano de su marido vuelva a su vida!

Angus lo miró como si hubiera perdido el juicio.

–¿Y por qué iba a aceptarlo ella de nuevo?

–Porque el embarazo de su asistente era falso, y Tony Lipton sabe cómo usar eso en su beneficio, prometiéndole amor y una familia –explicó–. Ese embarazo fue la gota que colmó el vaso, porque Chloe quería un bebé.

–Pues entonces dale uno, Max.

¡Como si fuera lo más sencillo del mundo!

–Si Chloe quiere hijos, y tú no se los das, antes o después la perderás. Es el instinto más básico de las mujeres. Si quieres mantenerla junto a ti, esa es la manera. Si no, será mejor que vayas preparándote para dejarla marchar.

Max no podía soportar la idea de dejarla marchar. Menos aún si era para compartir su vida con otro hombre.

Solo había una manera de mantenerla a su lado.

La pregunta era: ¿querría ella que tomaran juntos ese camino?

Capítulo 14

CHLOE estaba sentada en un banco de su jardín, dando pequeños trozos de jamón a Luther mientras él retozaba a sus pies. Era agradable estar al aire libre y tener la sencilla compañía de su querida mascota. Aún no le apetecía almorzar. La reunión con Tony le había quitado el apetito. Tampoco quería hablar de ello.

Tenía el teléfono móvil a su lado, junto a su taza de café. Max esperaba que lo telefoneara para contarle cómo había ido la reunión. Había sido todo tan desagradable que no quería recordarlo.

Especialmente el tema del sexo en el cuarto de baño. ¿Habría tenido Max alguna experiencia parecida? ¿Cuánto significaba una mujer para él, más allá de la satisfacción sexual?

Apenas registró que llamaban al timbre, pero Luther sí se acercó a ladrar a la puerta. Chloe no se movió, no le apetecía ver a nadie. Tanto Max como Gerry Anderson podían llamarla al teléfono móvil. Nadie más tenía derecho a molestarla.

Quienquiera que llamara, se marchó. Luther regresó con aire triunfal, como si sus ladridos lo hubieran echado. Chloe le sonrió y se lo puso en el regazo.

–Estoy muy feliz de tenerte, Luther –murmuró.

Era algo real, auténtico, que Max le había regalado.

Una señal de que ella le importaba. Y también una manera de contentarla porque no pensaba darle un hijo.

Recordó que le había parecido muy joven para estar desesperada por ser madre. Él no contemplaba esa opción. La lujuria era algo temporal en su vida, que no suscribiría con un compromiso. Había actuado con integridad, pero también en interés propio. Lo cual era justo, se dijo. Max no tenía la culpa de que ella quisiera mucho más.

Luther se puso tenso y comenzó a gruñir, con la vista clavada en la valla trasera de la casa, que daba a un estrecho callejón entre las filas de casas adosadas. Alguien comenzó a agitar la puerta de salida al callejón. Luther salió corriendo hacia ella, ladrando con todas sus fuerzas.

Chloe también se activó. La puerta estaba cerrada con llave, pero alguien que quisiera robar podría escalar la valla de dos metros. Dado que nadie había contestado al timbre, quienquiera que fuera podría haber pensado que la casa estaba vacía. Y entrar por la parte posterior era mucho más disimulado.

Chloe agarró su teléfono móvil y se unió a Luther junto a la valla.

–¡Váyase o llamo a la policía! –gritó.

–¡Chloe! –exclamó una voz, aliviada–. Soy yo... tu madre. Estaba preocupada por ti. ¡Déjame entrar, por lo que más quieras!

Chloe se quedó sin habla. ¡Su madre, allí! ¿Quién le había dado la dirección? Seguramente la habría seguido en algún momento, igual que Laura Farrell. Tan insistente y determinada como siempre.

–¡Chloe, déjame entrar! –exigió su madre.

–No voy a hacerlo –respondió–. No tienes que preocuparte de mí, estoy perfectamente.

–No me lo creo –le espetó la mujer–. Siempre escondes tu frustración, y eso es lo que estás haciendo aquí, esconderte. Puedo ayudarte a volver a poner las cosas en su sitio, solo abre la puerta.

–No quiero tu ayuda, madre. Por favor, márchate y déjame en paz.

–Sé lo del fraude de Laura Farrell. Sé lo que ha sucedido en la reunión con Tony esta mañana. Está desesperado por que vuelvas con él...

–¿Has venido en su nombre?

–¡Claro que no! Aunque debo decir que a partir de ahora se entregaría más de lo que Max Hart hará nunca, pero eres tú quien me importa. Tú y lo que es mejor para ti.

–De eso puedo ocuparme yo sola, gracias.

–No puedes. No tienes ni idea. Eres una novata en este negocio. Max Hart te explotará un tiempo, pero su interés en ti no será duradero. Y si yo no estoy a tu lado para asegurarme de que no quedan secuelas, podrías hundirte sin remedio. Si estás atenta, podrás usar este romance con él como un trampolín. ¡Tienes que aprender a usar la cabeza, pequeña! Yo puedo enseñarte, mostrarte los trucos...

Chloe sintió náuseas. La estridente voz continuó desgranando maneras de extraerle todo lo posible a Max mientras estuvieran juntos, porque eso se acabaría...

Se acabaría...

–¡Basta! –gritó, incapaz de oír nada más.

–Por eso me necesitas –insistió su madre–. Déjame entrar, pequeña, para que podamos hablar. Soy tu madre. Siempre estaré ahí para ti. Me necesitas.

–¡No! –exclamó Chloe, tapándose las orejas con las manos–. Me voy dentro. Márchate, madre, o te aseguro que llamaré a la policía.

La voz intentó seguir chantajeándola, mientras ella se alejaba de la valla. Casi se tropezó con Luther, tan nervioso como ella al verla así. Fue un alivio entrar en casa, y más aún cerrar la puerta. Subió las escaleras, se desvistió a toda prisa, se metió en la cama y se tapó hasta las orejas, aislándose del resto del mundo.

No le importaba estar escondiéndose.

A veces esconderse era la única manera de defenderse de lo insoportable.

Max esperó toda la tarde la llamada de Chloe, cada vez más tenso conforme el silencio se prolongaba. Ella no acostumbraba a romper una promesa. ¿Acaso la reunión con Tony la había turbado tanto que no quería hablar con él? Fuera lo que fuera, no podía evitar la sensación de que llevaba las de perder.

A las cinco decidió hacer frente a la situación. Se acercó a casa de Chloe. Ella no contestó al timbre, ni Luther ladró. Todo parecía indicar que había salido y se había llevado al perro, seguramente a dar un paseo por el parque. Fue a buscarlos, pero después de media hora dando vueltas, llegó a la conclusión de que no estaban allí. Frustrado, la llamó al móvil, pero estaba apagado.

Volvió a la casa y llamó al timbre de nuevo. No obtuvo respuesta. Chloe le había dado una llave, pero como no había avisado de su visita, Max no quería usarla. Valoraba mucho la privacidad. Solo la posibilidad de que a ella le hubiera ocurrido algo le convenció para actuar.

Abrió la puerta y entró. Un gruñido lo alertó de la presencia de Luther: el perro estaba en lo alto de la escalera, con el pelo erizado, listo para atacar... hasta que lo reconoció. Entonces se relajó y trotó hacia el dormitorio de Chloe.

¿Estaba dormida a esas horas? ¿Enferma? ¿No podría ni moverse?

Cerró la puerta y se apresuró a las escaleras, ansioso por averiguar lo que sucedía y ayudar lo mejor que pudiera.

Ella estaba en la cama. Su ropa se hallaba desparramada por el suelo, como si se la hubiera quitado con desesperación. Acurrucada y tapada hasta la cabeza, solo se le veía un mechón de cabello saliendo por debajo de la sábana. Luther se había acomodado en la almohada a su lado, queriendo estar lo más cerca posible, al tiempo que protegiéndola de cualquier molestia.

Max se quedó unos momentos a su lado, escuchando su respiración. Parecía normal. Se resistió al impulso de quitarse la ropa y meterse junto a ella en la cama, no por sexo, solamente para abrazarla y asegurarse de que todo estaba bien entre ellos. Aunque sabía que no era así. Ella lo había apartado, no sabía si deliberadamente o porque no podía más. De cualquier manera, combatiría esa decisión.

Acercó una silla y se sentó junto a la cama.

Y el hombre y el perro se quedaron esperando a que la persona más importante de sus vidas se despertara y los atendiera.

Chloe se fue despertando poco a poco. Los párpados aún le pesaban demasiado, prefería mantenerlos cerrados. Tal vez volviera a dormirse, era mejor eso que recordar las razones de su tristeza y volver a llorar hasta la extenuación.

Inspiró hondo y cambió de posición, frunciendo el ceño al darse cuenta de que había otro movimiento en su cama. Entonces, una pequeña lengua le lamió la frente. ¡Luther! ¿Habría dormido tanto que se le habría olvidado darle de cenar? No estaría bien descuidarlo después de lo buen perro guardián que había sido.

Sacó una mano, se destapó la cara y lo acarició cariñosamente detrás de las orejas.

—Ya voy, cariño, mamá ya se levanta —murmuró.

—Yo también estoy aquí.

Era la voz de Max, grave y poderosa. Chloe abrió los ojos de golpe.

—Estaba preocupado por ti, así que me he permitido entrar.

Ella hizo una mueca.

—Perdona, debería haberte llamado. Mi madre ha venido y...

—¿Ella ha estado aquí?

La honda preocupación de él le hizo recordar los horribles consejos recibidos.

—No lo haré —murmuró con fiereza.

—¿Hacer el qué?

Se incorporó en la cama, contemplando al hombre que amaba, y respondió con brutal sinceridad:

—Sacarte todo lo que pueda mientras dure nuestra relación.

Él se irguió en su asiento, apenas conteniendo su irritación.

—No deberías haberla dejado entrar, Chloe. No deberías haberla escuchado.

–No la dejé pasar. Pero era difícil no escuchar sus gritos a través de la verja de atrás.

–¡Vieja bruja pesada! –exclamó él, poniéndose en pie y gesticulando furioso–. No puedes seguir aquí, Chloe. Ahora que sabe dónde vives, continuará acosándote. Se lo dirá a Tony y hará lo posible por ponerte en mi contra y que regreses junto a ella... y él.

Era extraño verlo tan fuera de control, pensó. Lo observó pasearse por la habitación, destilando agresividad mientras expresaba todo lo que pensaba.

–No hay duda de que Tony no intentará recuperarte, pero usará el fraude de Laura Farrell para pedirle a tu madre que te manipule en su nombre, rogándote que lo perdones...

–¿Sabes eso? –preguntó ella, sorprendida.

Él se la quedó mirando y le quitó importancia con un gesto.

–Estaba preocupado, no sabía nada de ti. Así que telefoneé a Gerry Anderson. Sé que no era asunto mío, pero no podía soportar la idea de que tuvieras algún problema. Por eso he usado la llave que me diste. Y Luther me ha mostrado dónde estabas, porque sabe que me preocupo por ti –explicó, desafiándola con la mirada a que protestara.

Al oír su nombre, Luther se le acercó para que lo acariciara, cosa que hizo sin apartar la mirada de Chloe.

–Luther y tú os venís conmigo. No hay más que hablar –sentenció, sacando su teléfono móvil–. Voy a avisar a Edgar de que vamos, y a Elaine de que prepare cena para dos...

–No, Max.

Chloe se sorprendió de lo tranquila que se sentía,

seguramente porque había agotado sus emociones antes de quedarse dormida.

–No voy a volver a salir huyendo de mi vida.

Él frunció el ceño.

–Estás mejor conmigo. Yo puedo protegerte, asegurarme de que...

–¿Por cuánto tiempo, Max?

–Todo el que haga falta –replicó él, decidido.

Chloe suspiró y lo miró con tristeza.

–En algún momento se acabará lo que sientes por mí. Si me permito depender de ti, me será más difícil luego arreglármelas sola. Hoy ha sido... –hizo una mueca– difícil y desagradable, y solo quería olvidarlo. Pero debo afrontar otras cosas que surgirán, no puedo esperar que siempre me rescates.

Él frunció los labios de frustración. Tenía que conseguir convencerla.

–No me gusta que estés sola –le espetó–. Me perteneces.

A Chloe le dio un vuelco el corazón. Era la primera vez que él mostraba una actitud posesiva, señal de que le importaba mucho. Lo miró sin aliento, mientras sus temores desaparecían, arrollados por su necesidad y amor hacia él, que exigían esa oportunidad de realizarse.

Pero había una duda que necesitaba despejar.

–¿Tú habrías tenido sexo con Laura Farrell?

Él la miró atónito. A Chloe le ardían las mejillas mientras añadió:

–Si se hubiera abalanzado sobre ti en un cuarto de baño... y te hubiera bajado la cremallera...

Él hizo una mueca de desagrado y borró esa imagen de su mente.

–¡Nunca! Me la habría quitado de encima enseguida –aseguró, frunciendo el ceño–. He sido el objetivo de muchas mujeres así, Chloe, y siempre las he
rechazado. No solo suponen problemas, además no
son mi tipo.

Qué dulce alivio saber la verdad. Por supuesto, él
no aceptaría nada que no eligiera por sí mismo. Debería haberlo sabido, era el dueño del control. Aunque
en aquel momento no parecía tan controlado.

–¿Así fue como Tony excusó su infidelidad? –inquirió él, fulminándola con la mirada.

–No importa, Max.

–A mí sí me importa si crees que yo actuaría igual.

–Ya me he dado cuenta de que no lo harías –admi-
tió ella, con una sonrisa de disculpa–. Siento haber sacado el tema.

–Yo no soy como Tony –aseguró él con fiereza.

–Lo sé –afirmó ella, y suspiró pesadamente–. Este
desagradable asunto me ha confundido.

–Por eso quiero librarte de ello.

Se sentó a su lado en la cama, le pasó el brazo por
los hombros y la giró hacia sí, apartándole el cabello
del rostro con la otra mano y mirándola con una determinación que no admitía un «no» por respuesta.

–Vente a casa conmigo, al menos esta noche. Hoy
ya has tenido más que suficiente. Déjame que te lleve
de vuelta a Hill House. Deja que Elaine te mime con
una deliciosa cena. Date tiempo para relajarte y que
nada te agobie.

La besó en la frente.

–Dime que sí –la miró burlón–, aunque solo sea
para salvarme de tanta preocupación.

Ella no pudo contener una sonrisa.

–Por fin algo de lo que yo puedo rescatarte. Así que... sí. Llama a Edgar mientras me doy una ducha y me visto.

Fue una decisión fácil. Él sí que la cuidaba, y a ella le encantaba, lo disfrutaría todo el tiempo que pudiera. Tal vez él quisiera que fuera suya para siempre. Tendría que esperar y confiar. Le resultaba imposible imaginar que hubiera otro hombre tan maravilloso como él. Maximilian Hart, un hombre entre un millón.

Capítulo 15

EN LA DUCHA, la inquietud de Chloe fue creciendo ante su impulsiva reacción de irse con Max a Hill House. Le recordaba demasiado al comienzo de su relación, refugiándose en él de las mismas tres personas que anteriormente la habían afligido. Aunque aquella segunda vez, los había hecho frente y apartado de la vida que estaba construyéndose. Lo que le había turbado eran sus comentarios acerca de la relación con Max.

Estaban equivocados creyendo que solo la quería por el sexo. Max se preocupaba por ella. La había ayudado a desarrollar su autoconfianza, a manejarse por sí misma, a escoger lo que necesitaba. No había egoísmo en eso. Y se preocupaba por su bienestar, convirtiéndola en mucho más que una mujer de tantas con las que se satisfacía.

«Me perteneces».

Chloe recordó las apasionadas palabras conforme salía de la ducha y se vestía. Le parecían una promesa de que él nunca la abandonaría. De ser cierto eso, permitir que la llevara a su casa estaba bien, era un paso hacia un futuro que no se había permitido soñar. Aunque tal vez esperaba demasiado.

En cualquier caso, solo se trataba de una noche. Merecía la pena creer que podía ser la oportunidad que ansiaba, aunque le dolería si al final solo era una forma de que Max aliviara su preocupación por ella.

Hasta que no se miró en el espejo, no se dio cuenta de que había escogido el mismo vestido de lunares azul y blanco que llevaba la primera vez que había pisado Hill House. Por un momento, se quedó abrumada. ¿Significaba una vuelta al pasado?

Recordó la conexión que se había producido entre ellos aquel día, cuando Max había entrado en la suite del hotel y la había visto. Tal vez había sido algo más que una mera atracción sexual, posiblemente el reconocimiento a nivel inconsciente de que se convertirían en personas muy importantes el uno para el otro. Quiso creer eso. Decidió volver a lucir ese vestido, como un buen augurio del futuro que no podía evitar desear.

Tras peinarse y maquillarse, inspiró hondo y salió de su habitación. Max se hallaba en el pasillo, con la cesta del perro en la mano.

—No tenemos que llevarnos a Luther —dijo ella—. Está acostumbrado a quedarse aquí cuando vamos a algún evento.

Él la miró fijamente.

—Esto no es un evento —afirmó.

Y, al fijarse en ella, su rostro se suavizó, sonrió de felicidad y sus ojos reflejaron tal satisfacción que Chloe se estremeció de felicidad. Estaba claro que le gustaba su aspecto. Tal vez pensara incluso en que era buena para él.

—Luther estará más contento con nosotros —apuntó él.

«Nosotros...».

—Le he prometido pollo para cenar —añadió, travieso–. Elaine se lo está preparando. Sabes lo mucho que le gusta el pollo.

Chloe se rio, presa de una dicha absoluta.

–De acuerdo, no puedo negarle ese gusto.

Se dijo que no debía sacarle sentido a todo. Sería una decepción demasiado grande si tejía una fantasía totalmente alejada de la realidad.

Fue muy consciente de que él la miraba mientras descendía las escaleras, a cada paso más encendida. Una vez en el coche, él la tomó de la mano, entrelazando los dedos con fuerza.

Ella sintió el calor subiéndole hasta el corazón. Quería una auténtica conexión con ella, no solo era algo sexual.

«Me perteneces...».

«Por favor, que sea cierto», deseó, con todo su ser. Lo que había sentido por Tony había sido una minucia comparado con la profundidad de su amor por Max. Nunca habría otro hombre como él en su vida. Y si él no le correspondía al mismo nivel... No quería pensar en eso aquella noche. Solo quería disfrutar al máximo de sus cuidados, algo que nunca había tenido de su madre o Tony.

Llegaron a la puerta de la finca y sintió que volvía a casa. Por eso se había mantenido alejada. Era una casa mágica, que prometía una vida feliz en su interior. Él se la había abierto, y a ella le había encantado estar allí.

Max aparcó el coche junto a la entrada de la mansión. Se giró hacia Chloe, tomó su mano y la observó atentamente, como si necesitara ver su reacción al decirle:

–No solo ellos tres te han echado de menos. Yo

también. Espero que te sientas bien regresando esta noche. Yo estoy muy feliz.

Por un instante, ella no pudo hablar. Era imposible ocultarle lo mucho que significaban sus palabras. Intentó contestar con mesura.

–Sí, me siento muy bien. Gracias, por...

–No tienes que dármelas –dijo él, y al verlo tan feliz, ella se sintió aún más dichosa–. Esta casa quiere que la ilumines con tu presencia. No la hagamos esperar.

No podía creer que él dijera algo tan romántico, y que la había echado de menos. Sabía que era cierto, él nunca mentía.

Luther se había quedado dormido en la cesta. Max la sacó y a continuación le ofreció el brazo a Chloe. Según se acercaban, Edgar abrió la puerta principal y saludó a Max con una reverencia.

–Buenas noches, señor Hart.

Luego, rompió su aire de gravedad al sonreír a Chloe.

–Bienvenida a casa, señorita Rollins. Es un placer volver a estar a su servicio.

A Chloe la inundó la emoción. Era tan fabuloso verse rodeada de personas a las que gustaba y que querían lo mejor para ella... que no pensaban en utilizarla... Sonrió radiante.

–Gracias, Edgar. Yo también os he echado de menos. Es maravilloso estar aquí de nuevo.

Había estado a punto de decir «estar en casa», pero por más que lo deseara, no era su hogar. Todavía no. Tal vez nunca lo fuera.

Sin embargo, Edgar, Elaine y Eric se esforzaron al máximo por que se sintiera como en casa.

Cuando Max y ella entraron en la cocina con Luther, Elaine la recibió como a una hija pródiga, y Eric no paró de sonreír y contarles que había plantado las flores favoritas de Chloe alrededor de la casa de invitados. Luther se despertó, y Eric lo sacó de su cesta y lo achuchó, diciendo lo buen perro que era y la compañía que le hacía durante sus trabajos en el jardín.

Edgar les sirvió la cena con más desparpajo del habitual, describiendo con detalle los deliciosos platos de Elaine para animar a Chloe a que comiera, y anunciando a Max que se había tomado la libertad de abrir uno de sus mejores vinos, cosa que él aprobó al instante.

Chloe logró relajarse completamente durante la cena, y se dejó mimar por todos ellos, sintiéndose muy especial. La mirada de Max se lo recordaba todo el tiempo. Tal vez él sí quería que Hill House fuera su hogar, no un refugio temporal. Un hogar para siempre.

Después de cenar, él sugirió que pasearan hasta la casa de invitados para comprobar los recientes trabajos de Eric en el jardín. Estaba anocheciendo, aún quedaba algo de luz. Chloe accedió alegremente y se colgó de su brazo, disfrutando de sentirse tan cerca de aquel hombre tan especial, y queriendo una sensación mayor de intimidad.

Max también pareció feliz simplemente de tenerla a su lado, y se mantuvo en silencio mientras atravesaban el patio de la piscina. Hacía una noche preciosa. Las estrellas empezaban a aparecer en el cielo violeta. El jazmín de la pérgola perfumaba todo el ambiente. Y al fondo, las luces del puerto brillaban en todo su esplendor.

Chloe sonrió para sí, recordando lo nerviosa y precavida que se había sentido ante Max su primera vez allí, inquieta por su magnetismo sexual, temerosa de los motivos por los que la protegía. Él se preocupaba realmente por ella, por la persona que era y la que quería ser. Nadie podría haberla cuidado tan bien, manteniéndola a salvo, enseñándola a pensar por sí misma, a tomar decisiones y llevarlas a cabo.

Se apretó contra su brazo y apoyó la cabeza en su hombro conforme bajaban las escaleras hacia la terraza de la casa de invitados.

–Gracias por ser el hombre que eres, Max –dijo.

–Ya no soy el que era –confesó él–. Yo sí que debería darte las gracias por ser la mujer que eres, Chloe. Has cambiado mi forma de ver la vida, me has hecho darme cuenta de que existe mucho más de lo que había imaginado... de lo que había decidido...

–¿Como qué? –preguntó ella, curiosa.

Él tardó en responder, y cuando lo hizo fue como si pensara en voz alta, reflexionando al cabo de los años.

–Supongo que aprendí a mantener la distancia emocional desde muy pequeño... El arte de sobrevivir: cuidar de mí mismo, no permitir que otras personas me llegaran tan dentro que me doliera, no depender de nadie para nada. Me convertí en autosuficiente. Eso no significa que no haya disfrutado de la compañía de mucha gente, pero nunca permití que la conexión se tornara en una necesidad; eso habría significado entregarles poder sobre mi vida, influyendo en lo que consideraba mi exitosa trayectoria.

–Nadie discute lo exitosa que ha sido, Max –reconoció ella, con el corazón acelerado ante la posibilidad de que con ella fuera diferente, que la conexión que existía entre ambos fuera tan profunda que no pudiera vivir sin ella.

–Exitosa en cuanto a ambición y ganancias materiales se refiere –se burló él–. Tan exitosa que no veía lo que estaba perdiéndome.

Llegaron al pie de las escaleras y se encaminaron a la casita.

–Aunque mis instintos traspasaban mi escudo mental, susurrando ideas ajenas a mi forma habitual de pensar, que descartaba como fantasías tontas –continuó, y sacudió la cabeza–. No eran tontas. En el fondo de mi corazón, era lo que realmente quería contigo, Chloe.

Se detuvieron en la puerta. Max se giró hacia ella con expresión grave y mirada ardiente. Posó la mano en su mejilla, como si fuera algo de valor incalculable.

–Tú eres mi María.

¿María? Chloe estaba confundida. Le había oído decir ese nombre antes, cuando él había regresado a la suite del hotel después de romper las ataduras con su madre... para excusarse a continuación, diciendo que le había recordado a alguien.

La invadió la angustia. ¿Había perdido él a una María? No quería estar relacionada con otra mujer a quien él hubiera querido. Necesitaba que la deseara por sí misma.

–Ese no es mi nombre, Max –susurró, con la garganta seca.

–Es mi nombre para ti. «Chloe» no te va bien. Te renombré María en mi mente antes incluso de que hubiera alguna oportunidad de estar juntos. Nada de Chloe Rollins, sino María Hart.

Ella se quedó atónita.

–¿Hart? Ese es tu apellido.

–Sí. Te estoy pidiendo que lo aceptes. Sé mi esposa. Comparte conmigo el resto de tu vida –propuso él, con una pasión que la estremeció–. Sé que no podemos casarnos hasta que obtengas el divorcio, pero no puedo esperar ni un día más a que estemos juntos, a que vivamos juntos.

Inspiró hondo y pronunció las palabras que ella más deseaba escuchar:

–Te amo, Chloe. Amo todo de ti. Y lo único que quiero es que seas tú misma a mi lado.

–¡Oh, Max! –exclamó ella, gozosa, abrazándolo por el cuello y con los ojos rebosantes de un amor que ya no tenía que esconder–. Yo también quiero estar contigo, todos los días de mi vida. Tuve que obligarme a marcharme de aquí porque creí que nuestra relación se acabaría y tenía que prepararme para una separación, aunque sabía que nunca iba a amar a nadie tanto como a ti.

–He odiado estar lejos de ti. Nunca volveremos a separarnos –aseguró él–. Nos daremos el uno al otro lo que hemos echado de menos en nuestras vidas hasta ahora. Tendremos el mejor de los futuros juntos.

Selló la promesa con un apasionado beso y Chloe lo creyó sin dudarlo: aquel indomable poder masculino le llenó el corazón y la mente, el cuerpo y el alma, y ella supo que se pertenecían el uno al otro y que siempre sería así.

Tendrían un maravilloso futuro juntos. Cuando Maximilian Hart se proponía algo, lo conseguía.

Epílogo

AL POCO tiempo de que Chloe aceptara su proposición de matrimonio, Max la informó de que su madre se había trasladado a Los Ángeles, donde se convertiría en agente de actores. El implacable brillo de su mirada le indicó que él había tenido algo que ver, asegurándose de que la mujer a la que amaba no volvería a ser acosada por su madre. Chloe no lo cuestionó, solo aceptó con gran alivio que no volvería a verla.

Supo por su abogado que Tony también se había marchado de Sídney a Byron Bay, en la costa norte de New South Wales, donde existía una colonia de escritores. Según parecía, tenía la idea de escribir un libro. A ella le pareció más bien una imagen que usaría para hacerse pasar por alguien que merecía la pena conocer, mientras vivía del dinero que le había sacado.

A ella le daba igual. La indemnización por el divorcio merecía la pena si así no volvía a verlo. Se preguntó si Max también habría influido en esa decisión, pero él solo exclamó «¡Adiós y hasta nunca!» cuando le comentó la noticia. No hubo más reuniones con Tony durante el proceso de divorcio, lo cual también fue un alivio.

No temía volver a encontrarse a Laura Farrell. Su antigua asistente habría supuesto que su fraude se descubriría en cuanto Tony fuera preguntado por la manutención del bebé. De hecho, fue detenida algunos meses más tarde por intentar chantajear a un importante hombre de negocios. Chloe se alegró de que alguien hubiera puesto fin a su maldad.

Max y ella se casaron en cuanto fue legalmente posible.

Gerry Anderson pasó a formar parte de sus vidas, acompañando a Chloe siempre que Max no podía estar a su lado, y velando por la seguridad de sus hijos conforme avanzaron los años.

Max pasó a producir películas, que siempre protagonizaba su esposa e invariablemente resultaban éxitos de taquilla, porque llevaba buenas historias a la gran pantalla. Ambos se convirtieron en leyendas de la industria del cine, conocidos no solo porque convertían en oro todo lo que tocaban. Además fueron una pareja sólida, el amor que sentían nunca perdió su brillo.

Tuvieron cuatro hijos, dos niños y dos niñas, que los acompañaban en todos sus viajes. Tenían casas en Nueva York y Londres, en Francia e Italia, pero esos solo eran lugares para que pudieran vivir cuando el trabajo requería que se desplazaran. Hill House siempre fue el hogar familiar.

A los niños les encantaba tener su propia casita para jugar, que se dedicó a su uso exclusivo. Los invitados se alojaban en la mansión.

Edgar, Elaine y Eric permanecieron allí el resto de sus vidas, y enseñaron y supervisaron a sus sustitutos cuando se hicieron demasiado mayores para sus puestos. Eran como unos abuelos, disfrutando y cuidando a cada niño, y a Luther también cuando la familia estaba fuera.

Luther vivió hasta los dieciocho años. Fue enterrado junto a la casa infantil, con una lápida que decía: *Aquí yace Luther, el mejor perro guardián del mundo, amada mascota de la familia Hart.*

La duda que había tenido Max, de si sería bueno para Chloe a la larga, dejó de tener sentido en el futuro que construyeron juntos. Le producía un enorme placer observar las emociones que reflejaba en su rostro y que siempre le alegraban el corazón. Eran buenos el uno para el otro.

No sabía que, a ojos de Chloe, él era su fabuloso caballero andante. Sin una pizca de lado oscuro.

Cada uno había borrado toda la oscuridad del otro.

En su entorno privado, se hicieron llamar Max y María.

¿Conseguiría domar al duque desvergonzado?

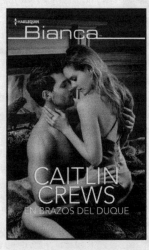

EN BRAZOS DEL DUQUE

Caitlin Crews

Las descaradas excentricidades de Hugo, el duque de Grovesmoor, y la ristra de mujeres dispuestas a adornar su cama eran noticias valoradas en la prensa amarilla. No obstante, Eleanor Andrews, la nueva institutriz de la pequeña pupila del duque, solo podía verlo como su jefe. Ella necesitaba el trabajo desesperadamente y no podía arriesgarse por muy guapo que fuera…

Acostumbrado a la traición y a la mentira, Hugo era un hombre cínico e insensible, que no se preocupaba por desmentir los rumores escandalosos sobre él. Pero había algo en Eleanor que hacía que le hirviera la sangre, y él no era capaz de rechazar el reto de desnudar a aquella empleada tan correcta.

Acepte 2 de nuestras mejores novelas de amor GRATIS

¡Y reciba un regalo sorpresa!

Oferta especial de tiempo limitado

Rellene el cupón y envíelo a
Harlequin Reader Service®
3010 Walden Ave.
P.O. Box 1867
Buffalo, N.Y. 14240-1867

¡Sí! Por favor, envíenme 2 novelas de amor de Harlequin (1 Bianca® y 1 Deseo®) gratis, más el regalo sorpresa. Luego remítanme 4 novelas nuevas todos los meses, las cuales recibiré mucho antes de que aparezcan en librerías, y factúrenme al bajo precio de $3,24 cada una, más $0,25 por envío e impuesto de ventas, si corresponde*. Este es el precio total, y es un ahorro de casi el 20% sobre el precio de portada. !Una oferta excelente! Entiendo que el hecho de aceptar estos libros y el regalo no me obliga en forma alguna a la compra de libros adicionales. Y también que puedo devolver cualquier envío y cancelar en cualquier momento. Aún si decido no comprar ningún otro libro de Harlequin, los 2 libros gratis y el regalo sorpresa son míos para siempre.

416 LBN DU7N

Nombre y apellido	(Por favor, letra de molde)

Dirección	Apartamento No.

Ciudad	Estado	Zona postal

Esta oferta se limita a un pedido por hogar y no está disponible para los subscriptores actuales de Deseo® y Bianca®.
*Los términos y precios quedan sujetos a cambios sin aviso previo.
Impuestos de ventas aplican en N.Y.

DESEO

Un accidente le robó la memoria.
Un encuentro fortuito se la devolvió

Un fin de semana imborrable

ANDREA LAURENCE

Por culpa de la amnesia que sufría desde el accidente, Violet Niarchos no recordaba al hombre con el que había concebido a su hijo, pero cuando Aidan Murphy, el atractivo propietario de un pequeño pub, se presentó en su despacho, de pronto los recuerdos volvieron en tromba a su mente, y supo de inmediato que no era un extraño para ella. Era el padre de su bebé, el hombre con el que había pasado un apasionado fin de semana. ¿Creería Aidan que de verdad había olvidado todo lo que habían compartido?, ¿o pensaría que la rica heredera estaba fingiendo para salvar su reputación?

Bianca

**Solo una noche de pasión...
y la escandalosa consecuencia a los nueve meses**

AMOR ENMASCARADO

Natalie Anderson

En una fiesta de disfraces organizada por la monarquía de Palisades, el multimillonario Damon no pudo evitar seducir a una mujer.

Al cabo de unas semanas, Damon descubrió que la enmascarada belleza del encuentro sexual más apasionado de su vida era la princesa Eleni y que él la había dejado embarazada.

Para evitar que Eleni se viera metida en un escándalo, a Damon no le quedaba más remedio que hacer lo inimaginable... ¡Casarse con la princesa!